二十世紀英文学研究 XIII

現代イギリス文学と他国

二十世紀英文学研究会編

目　次

序論

イギリスの植民地主義、帝国主義、ポストコロニアリズム

大島　由紀夫

一　現在のイギリスの他国としてのEU

現在のイギリスにおける最大の「他国」は、言うまでもなくEUであろう。二〇一六年のレファレンダムで、投票者の過半数がEUからの離脱に賛成し、その後の幾度かの論議とEUとの交渉を経て、二〇二〇年一月三一日にイギリスはEUから脱退した。この結果、今まで「自国」を組み込ませていた共同体から「自国」を切り離し、その共同体を完全なる「他国」としたのだ。

いわゆるこのブレグジットの理由はいくつかあるとされる。その第一の要因は移民である。東欧各国がEUに加盟して以来、安い賃金で済む労働者が大量にそこから流れ込んできた。そのためイギリスの労働者の仕事が奪われ、失業率は二〇一九年六月段階で、三・八〇パーセントに達している。第二の理由は、EU内の貿易、生産、経済等に関わる厳しい規則と規制にあろう。細部にまで定められたルールが、必ずしもイギリスの実情に合うものではなく、国益に不利な面も出てきた。

そうしたストレスがイギリスに縁切りの決断をさせた。第三にシリア難民受け入れへの拒否であろう。ＥＵ内部にとどまる限り、各国に割り当てられた分の難民を受け入れ、その面倒を見なければならない。しかしその数はイギリス国民が過剰と感じるほどの数に達している。しかも難民の中にテロリストが入る危険性もあり、また難民ではなく職を求めてやってくる者たちが混じる可能性が大いにある。そうした不安と苛立ちが反ＥＵの感情の現れとなったのだ。第四にＥＵに対する拠出金である。イギリスは二〇一四年に一四〇億ユーロの拠出金を払っているが、そうした多額の支出に見合うだけの恩恵を受けていないと感じ、むしろそうした金は福祉や医療に回すべきだと言う意見を持つ者が多いのだ。

しかしながら、こうした個々の理由の根底にある通奏低音的感情は、かつての大英帝国復活への潜在的願望であろう。一五八八年にスペインの無敵艦隊を破った時から、一九四五年にドイツ、イタリアが降伏し、ヨーロッパで唯一の第二次世界大戦の戦勝国となった時までの、栄光に満ちた三世紀半にわたる大国時代への思いが、自国第一主義的行動へと駆り立てたのであろう。「他国」に対する優越性への思いが、グループ内にとどまることを潔しとしなかったのであろう。

こうした自国優先主義が、第二次世界大戦終結までイギリスが「他国」に対して主にとってきた姿勢だった。もちろん協調、融和、連帯などの関係を「他国」と結ぶ時もあったが、しかし「他国」への基本的姿勢という観点から言えば、最も顕著なのがこの意識に基づく支配体制である。そしてそれが具体的に一七世紀から第二次世界大戦終結までの植民地主義、帝国主義となって現れたのである。そしてこの自国中心的対外政策に対する思いが、未だこの国の人々の心に潜んでいるのである。

この精神は文学にも影響を与えている。特に植民地主義の時代の作品では、イギリスがその植民地に対してとるような姿勢を、登場人物にとらせているものがある。自分の利になるように相手を屈服させ、自分の配下に置こうとするのである。しかもそうした行動をとる人物は、作品中では主人公となり肯定視されている。彼らの行動は、国、社会及び個人の発展を利する一つの正しい道として描かれている。そうした典型がシェイクスピアとダニエル・デフォーの作品である。

二　イギリス植民地主義——初期の二作品

一六〇〇年にイギリスは東インド会社を設立し、それ以降アイルランドやスコットランドを併合するなど、他国を乗っ取り、そこからあがる収益を搾取する政策をとり始めた。そうした他国を支配しようとする国策は、一六一一年に初演されたシェイクスピアの『テンペスト』、及び一七一九年に刊行されたデフォーの『ロビンソン・クルーソー』に反映されている。この二作品には、支配と服従、略奪と被害という帝国主義的モチーフが散りばめられている。『テンペスト』の主人公ミラノ公プロスペロは、弟アントーニオによって孤島に追放される。その島において、以前からの住民キャリバンと出会う。当初は親しい間柄であったが、キャリバンがプロスペロの娘に手を出したことで、魔術を心得ていたプロスペロはそれを用い、キャリバンから土地を奪い、彼に肉体的苦痛を与えて奴隷化し自分の意に従わせる。また魔女によって木の幹に閉じ込められた妖精エアリアルを救い出したものの、それを口実として恩義を着させ、自由を奪い、自分の地位を取り戻すための道具とする。他者の地所を自分のものとして、その住民の生き方を蹂躙する行為は、また相手を束縛して、自分の目的到達の手段とする行為は、当時の植民地主義精神の在り方そのものと言ってよいであろう。そして最後にプロスペロをミラノ公に復位させ、そこで大団円とさせていることは、一連のプロスペロの帝国主義的行動を作者が是認していることを意味する。

『ロビンソン・クルーソー』もまた、偶然発見した土地を自分のものと称し、また自分が命を助けた者を自分の利益のために利用しているという点で、帝国主義的要素を含んだ作品と言ってよいであろう。よく取り上げられる引用であるが、ジェイムズ・ジョイスは、「ブリテンによる征服の真の象徴はロビンソン・クルーソー」（ジョイス　三六八）であり、「彼はブリテンの植民地建設者の原型」（同　三六八）であり、「アングロ・サクソンの精神すべてがクルーソーの中にある」（同　三六八）と言っている。またE・W・サイードは「ロビンソン・クルーソーの存在は、植民地化の使命

――手付かずのアフリカや太平洋や大西洋といった遠隔地域にみずからの新世界を築くことを可能にする――なくしては実質的に考えられない」（サイード　一三三）と言っている。実際クルーソーはプランテーションを営んでおり、奴隷貿易に関係している。そうした彼が孤島で送る生活は、ヨーロッパの技術と文化を非ヨーロッパの世界に持ち込み、言うならばヨーロッパ化しようとする試みである。彼はこの島を脱出し、故郷に戻り、『ロビンソン・クルーソー、第二部』において再度この島にやってくるのだが、その際この島のことを「私の植民地」と呼び、新たな入植者たちをこの島に導き入れようとする。また現地人であるフライデーを、ヨーロッパ的価値観を持つ似非イギリス人に仕立て上げようとすることも、別の面での帝国主義的発想といえよう。しかもクルーソーは彼を自分と対等な「難民」として接するのではなく、主従関係のもとに共同生活を送ろうとしている。言うならば支配者的意識に基づき、彼を被支配者として従僕化しているのだ。ロビンソン・クルーソーの行動も作者デフォーによって日常的な事柄と見なされており、彼への批判的な文言は作品内に見当たらない。

この二作品は、登場人物の帝国主義的行動を当然視し、それを認めることに迷いはない。言うならば楽天的であり、そこに潜む非人道的要素には無頓着である。

三　帝国主義時代の三作品

しかし時代が下ると植民地主義時代のような無条件での帝国主義礼賛といったような作風は見られなくなる。帝国主義の抑圧と略奪といった非人間的要素を認知した一九世紀、二〇世紀の作家たちは、当時とられていたこの政策を受け入れながらも、そうした負の側面を見、全面的に肯定視することに逡巡する心情を作品の中で見せている。ここでは、イギリスの帝国主義を論議する場合によく取り上げられる三作品、『闇の奥』、『キム』、『インドへの道』を見ていく。これらの小説では、作者の帝国主義の受け入れとためらいがどのように表現されているか。

一八九九年に出版されたジョゼフ・コンラッドの『闇の奥』は、帝国主義を受容する面と、それに擬議を見せる面を同時にもつ二律背反的作品と言える。語り手であるマーロウは、自らの意志で植民地事業を営んでいる貿易会社に就職し、その一員として、いわば帝国主義の実行部隊として行動する。また、現地人の集落から象牙を入手している入植者クルツの行動を是認している。こうした立場を語り手にとらせていることは、この小説が帝国主義を前提条件として認めていることを意味すると言えよう。しかしその一方で、マーロウは帝国主義を全面的に肯定しているわけでもない。帝国主義の在り方を否定しているとは言わないまでも、疑問視している面を窺わせる箇所が何カ所かある。出張所に到着するまでに彼は、植民地政策の意に反した行動をとって囚人となったと思われる黒人たちが、首に鉄の輪をはめられ、互いにつながれ行進させられている場面に出くわす。そして彼らがこうした目に遭っていることが不条理であると考え、その姿を「痛々しい」と思い同情する。また森の木々の間に捨てられ、死に瀕している黒人たちが横たわっているのを目撃し、憐れみの情からその一人にパンを与えようとし、同時にそのむごたらしさに慄然とする。さらにクルツのいる出張所に行く途中、現地人に襲われ死亡した黒人の舵手に対して、悲哀と愛情にあふれた心情を吐露する。また入植者であるクルツの植民地から利益を得ようとする行動を是認はしているものの、彼への賛美は必ずしもその帝国主義的行動自体に対するものではなく、現地人部族も敬服し、彼が去ることに抵抗を示すほどの彼の度量の大きさに対するものなのだ。そういう訳で、マーロウは帝国主義の一翼を担い、それから脱却しようともしていないのだが、他方帝国主義のネガティヴな面を見つめて心を痛め、帝国主義の価値よりも人間の在り方そのものの方を重要視している。『闇の奥』はある面では富と栄達をもたらしてくれるものとして帝国主義を肯定し、それに従う姿勢を見せてはいるが、ある面ではその非人道性を伝え、それを疑問視している。そこには立場の一貫性は見られないのだ。

ラドヤード・キプリングはイギリス帝国主義の支持者であった。その彼が一九〇一年に出版した『キム』もまた帝国主義的作品と一般に評価されている。当時植民地であったアイルランドの少年が、植民地インドにおいて、何人かのイギリスの配下に置かれたインド人たちと力を合わせ、イギリスの政策実現のために悪戦苦闘しながらも敵国ロシアのスパイどもを出し抜き、イギリス側にとって不利となる文書を奪ったことは、多大なるイギリスへの貢献であり、そうした顛末を描いたことは、この小説がイギリス帝国主義を讃えていることを示すものであろう。E・W・サイードも「彼の小説が帝国主義や帝国主義の意識的な正当性を表象していることはたしかである」（サイード二七〇）と言っている。

しかしながら、この書で鮮やかに描かれているのは、キムのスパイ活動よりも寧ろ、彼の活動の背景となっているインドの大衆の生活模様である。そしてまたインド人同士の親密な協力関係、キムに対するインド人の親愛ぶりと援助である。冒頭部分でのキムとラマが乗り込んだ列車内での彼らを交えた人々の対話、キム等が訪れる村々での歓待ぶりなどなど、支配されている側の連帯性、心の暖かさ、民族間の融合と交流などがこの小説の各所に見られ、生き生きとしたインド人の肯定的人間性を感じさせるのだ。その一方で、帝国主義側の白人たちの多くは、ベネット師や連隊内部の学校の生徒たちを始めとして、インド人の一般大衆のホスピタリティとは正反対に、キムに対して概して冷淡であり、時として虐待に近いような態度を取るのである。このことはキプリングがイギリス側に立つ姿勢を見せながら、より一層インド側に立っていることを示すものである。それは支配者側と被支配者側の様相を描く場面の分量からも言える。民衆と接しながらキムとラマが旅して歩く様子を描いているのが、作品全体の三分の二を占めているのに対し、キムがスパイとして活動し帝国主義に忠誠を尽くしているのは、後半に限られ全体の三分の一に過ぎない。分量的にもキムと民衆の関係や民衆の生活模様を描く方に力点が置かれている。確かに『キム』はイギリス帝国主義に加担した小説と言えよう。しかしながら、作者が被抑圧民たるインド人に対して共感的眼差しを持って見つめており、こちらの方に描写の重点を置いているということは、この小説の植民地支配に対する肯定度がそう高いものではないことを意味する。更に言えば、キプリングが自国の政策に幾らかの疑いをもっていることをこのことは窺わせる。

一九二四年出版のE・M・フォスターの『インドへの道』は、『キム』とは逆に、反帝国主義的傾向をもつ作品とみなされることがある。『闇の奥』に見られる、現地人を酷使、虐待する場面を出して、その悲惨さを訴える箇所は見られないものの、ロニー、タートン夫妻、マクブライドなど多くのイギリス人が、この小説全体を通してインド人に対して見せる高圧的、権威主義的姿勢や考え方は、支配者―被支配者の関係を際立たせるものであり、そこに作者の批判があることが窺える。またイギリスがインドから出て行かない限り、我々の友情は成立しないというアジズのフィールディングに対する言葉は、この小説の主張であり、作者の反帝国主義的立場を示している。しかしながら問題は、この作品がそうした政治的支配体制を全面的に否定している訳ではないということだ。題名の「インドへの道」(A passage to India) の「道」(passage) が意味するものは、単にインドへの航路ではなく、インド人を理解し彼らと融合する道であろう。その道を遮断しているものの一つが帝国主義的政治体制であることは間違いないのだが、しかしそれだけではなく、もっと根源的なものもそれを遮断しているのである。それは如何ともしがたいもの、それがあるが故に支配体制は消滅しないだろうし、それもやむを得ないであろうと作者が考えているものである。それは、イギリス人全般が持つ無意識的な「異邦人」に対する嫌悪感、拒絶性である。表面的には親インド的姿勢を見せながらも、ある危機に立たされた時不意に出てくる、ある種の異民族蔑視と敵対意識である。この心情は主に、アデラ、ムア夫人、フィールディングの三人の親インド派の人物たちによって表されている。これらの人物が突如として見せる、それまでの表向きの言動とは異なる彼らの心情が、一般的にイギリス人と異民族との心の融合を阻んでいるものである。そうしたところから、この小説は反帝国主義的姿勢を見せながらも、それには限界があることを示している。帝国主義は好ましくはないが、イギリス人の心に反インド的感情が潜んでいる限り、持続してしまう不可避的存在として表現されている。

まずアデラ・クウェステッドである。インド人と親しく交わり、積極的にインド人についての知識を得ようとする彼女が、マラバール洞窟で何者かに襲われたという幻想を抱いた時、何ら具体的人物を見ていないのに、彼女は犯人が白人という可能性を無視し、インド人だと決めてかかっている。そして根拠なくアジズを告発する。ある危機に遭遇し、心を乱したときの彼女の意識下には、善人はイギリス人であり、悪人はインド人だとする偏見が見て取れる。この告発をアデラは最終的に取り下げるが、それをもって彼女を完全なる親インド派と見なす訳にはいかない。あくまで表面的、条件付きの親インド派に過ぎず、心の奥底では、ロニー、タートン夫妻など帝国主義を容認している人物たちと同一線上にある。

ムア夫人も親インド派の一人である。というよりは、登場人物の中で最もインド人に心を開き、インド人もまた彼女を受け入れ、彼女に反発する者はいない。しかしその彼女は、マラバール洞窟の中での反響音を耳にした時から、その反響音が耳から離れず、最終的に精神的に不安定となり、それまで親近感を持っていたアジズにも関心を持たなくなり、最後は帰りの船の中で死んでしまう。ムア夫人の精神の変化をもたらした反響音は、インドを覆う被支配国家としての虚無が、一つの巨大な音の塊となったものであろう。それを夫人は嫌悪し、それに屈して精神の乱れを被ったのだ。このことはいかにインドに親しさを感じようとしても、彼女の心の奥底には、インドに対する無意識的アレルギー抗体が存在することを意味している。インドに違和感を覚える必然性により、彼女はそれとの断絶を余儀なくされる。

フィールディングの場合も、彼の内面を見ると、完全にインドに寄り添っているわけではないことがわかる。確かにイギリス人の中で唯一人、告発されたアジズの味方をし、多くのインド人から讃えられ、インドを重んじる面を見せてはいるが、自分の結婚問題で関係のこじれたアジズとの最終章の対話において、その親インド派としての立場の限界をあらわにする。表面的にはアジズに対して今後も友情を結んでいこうとは言うが、それとは裏腹に、アジズに対する彼の口調を表す語に、jeer、mockといった語が使われ、彼を見下す気持ちがあることを窺わせている。またアジズの愛国的な言葉に対し、「インドが統一国家だって。何と空想的な話なんだろう。一九世紀の冴えない婦人団体に最後に入るような者たちの国なのに」(Foster 三二五)と考え、インドという国に対しても、侮蔑的な心情を抱いていることを見せているのだ。このことは裏を返せば、自国の優越性を誇る心情とも言えよう。親インド派のフィールディングもまた、結局は帝国主義的政策をとる自国に対して、批判一辺倒になっているわけではない。インドがイギリスの植民地になっていることをある程度是認し、宿命視している面があるのである。結局『インドへの道』もまた帝国主義に対して、批判的な面と許容する面の二律背反的要素を示している。反発心を読者に起こさせるようなインド人に対する高圧的態度を、数人の帝国主義者的登場人物に取らせることで、暗に批判的になっている一方で、親インド的人間にその親愛の精神の限界を見せ、帝国主義を不可避なるものとして消極的に認めているのだ。

自国の利益のために「他国」を搾取することに対する疑問は、大なり小なり、この三編の小説の作者の心にあったに違いない。かといって、全面的な反帝国主義を掲げるまでには至っていない。その容認とためらいとが、この帝国主義を扱った三作品に窺える。

四　ポストコロニアリズム時代の他国――論集の意図と概要

第二次大戦以降、インドを始め多くの植民地が独立し、帝国主義自体が衰退し、ポストコロニアリズムの時代になると、「他国」は「自国」とそれほど乖離した存在ではなくなる。イギリスという「自国」の中に、非アングロ・サクソン系の「他国」出身の作家が数多く出現し始める。概してイギリスに居住している彼らは、以前イギリス帝国主義に虐げられていた、自分の生まれ育った祖国の過去または現在の実情を描くことがある。そしてかつて植民地であった祖国がいかに変わったか、そして変わらなかったかを知らせている。例えばトリニダード・トバゴ出身のV・S・ナイポールは、『暗い河』（一九七九）の中で、植民地から脱却した東アフリカの一国の状況を、一人の商人を通して描いている。イギリス統治下時に起こった暴動で荒廃した彼の住む町は、独立後一時的に経済的に潤い復興するが、治安は悪く、大統領への権力の集中化で監視体制が強化され、住民の真の自由は得られず、決して生活は安定しない。そうこうしているうちにまた町は寂れ始める。ナイポールはこうした独立してもイギリスがとったような強権的政治体制が敷かれるアフリカの負の側面、ひいては出身国が陥る危険性のあるこうした側面を如実に描いている。J・M・クッツェーは『マイケル・Kの人生と時代』（一九八三）と『恥辱』（一九九九）により、植民地統治後の南アフリカ、特にケープタウンの現状を知らせている。前者はこの都市で働く庭師の若者が主人公となっている。彼は反政府勢力による暴動が起ったために母親と一緒に公的な許可を得ずに逃げ出し、その後死んだ母親の遺骨をもって母親の故郷に行くが、そこで警官や兵士やらに因縁を付けられ、とらえられていくつかの施設、収容所に送られ苦役を強いられる。しかしその度に逃げ出し、ついには最終的判断として脱出したはずのケープタウンに戻る。後者は女子学生と関係をもったために解雇されたケープタウンに住む大学の教師が、田舎に住む娘の厄介になるが、黒人たちに襲撃され娘はレイプされる。他所に移ろうとしない娘を残しケープタウンに帰ってみると、自分の元の家は略奪され廃墟のようになっている。結局娘は隣人に保護してもらうことになり、主人公は動物の施設で働こうとする。どちらの作品においても、独立後も暴力が蔓延している社会が背景になっており、そこでは白人と黒人の間の対立や差別感情が続いている。そうした社会の中で、白人であれ黒人であれ、個人はいかに自由を希求しても、暗黒の世界の中に閉じ込められていなければならない。チヌア・アチェベは『サバンナの蟻塚』(一九八八)や『崩れゆく絆』(一九五八)などで、ナイジェリアの現状を描いている。前者においては、独立後のナイジェリアを思わせる架空の国を舞台に、三人の幼友達がその政治的立場により相争うようになり、結果三人ともに惨たらしい死に方をする悲劇を描いている。後者は本格的に植民地化される前の、一九世紀後半のナイジェリアと思える国の一地区一部族の家長の物語である。そこでは、黒人対白人、土地の宗教対キリスト教、伝統的な儀礼対欧米風の慣習などの対立軸をもとに、古い価値観に捕われ、新しい文化に適応できず、最後に自死してしまうマチズモに徹した男の悲惨さを描いている。第二次世界大戦後、上記三人の主だった作家以外にも、インドのR・K・ナラヤン、同じくインドのサルマン・ラシュディ、ドミニカ国のジーン・リースなど非アングロ・サクソン系の作家たちが、人種、政治体制、社会状況など、旧植民地である自国に関わる問題を意識しつつ、彼らなりの視線でそれを描いている。

彼らはイギリスの作家でありながら、少なくとも英文学史上の作家でありながら、その出自はイギリス以外のところにある。そうしたイギリス内外に居住する非イギリス系、更に言えば非アングロ・サクソン系作家の作品の様々な問題点を探るのが本論集の目的の一つとなっている。ただ本論集はそれだけには止まらない。アングロ・サクソン系の作家であっても、他国を作品の舞台とし、その他国性の持つ意味を考え表現している作家もおり、そうした作家たちについて考察することも重要であろう。そうした面も含めイギリスにおける「他国」の意味をこの書で考えていきたい。ただこの論集の書名の中の「他国」の意味を、各執筆者が個人個人の考え方で捕え、解釈の仕方が様々になることによって扱う作家たちの範囲が広がって、一冊の論集としてのまとまりが欠けてしまうことを恐れながらも、しかしできるだけ多方面の作家たちを含めたいという相反する動機から、取り上げる作家、作品に関して次の三点の執筆条件を課すことにした。㈠二〇世紀、二一世紀のイギリス以外の国の作家が英語で書いた、その国の事柄に関わる作品、㈡イギリスの二〇世紀、二一世紀のアングロ・サクソン系の作家が、イギリス以外の国に関わる事柄を書いた作品、㈢

イギリス国内に在住する、二〇世紀、二一世紀の非アングロ・サクソン系の作家が英語で書いた、その出身国・地域のことに関わる作品。

最終的に集まった論文で、一の条件に該当する論文は、倉持のモーシン・ハミド『蛾の煙』、薄井のカーレド・ホッセイニの『千の輝く太陽』、結城のコルム・トビーン『ブルックリン』、大熊のノヴィオレット・ブラワヨ『新しい名前』である。二は奥山のウルフ『オーランドー』、外山のグリーン『静かなアメリカ人』である。三は小林のキャリル・フィリップス『血の性質』である。以下この順で内容を紹介しておく。

倉持論文では『蛾の煙』を、インドとの核戦争の危機の最中のパキスタンの現状を、世俗派のパキスタンの青年の目を通して描き、そうした時代背景や社会的事情を提示しつつ、それに対応できずに自滅する青年の姿を描いている作品、としている。薄井は、ホッセイニの『千の輝く太陽』が、アフガニスタンの、時の政権に翻弄される民衆の苦難を、二人の女性の生きざまを通して描いていると論じ、これを国際関係論の「セキュリタイゼーション」という概念を援用して分析しようとしている。結城は『ブルックリン』を、アメリカへ移民したアイルランドの娘の暮らしぶりを描きながらも、自国に入国する移民者を蔑視する、アイルランド人の意識の再構想が目的となっている作品としている。大熊は『新しい名前』が、ムガベ独裁時代のジンバブエで少女時代を過ごしたあと、シカゴで高校時代を送ることになった主人公の生き方をアイロニカルに描いて、新たな世界文学の可能性の一端を示していると論じている。奥山の『オーランドー』論は、オリエントであるトルコや、オリエントにありながら国を持たないジプシーに焦点を当てている。主人公がトルコで女性に性転換したことや、ジプシーから受けた影響に注目しながら、西欧とその異文化としてのトルコとの関係を考察し、ウルフがファンタジーの背後で展開した思想を明らかにしている。外山はグリーンの『静かなアメリカ人』を分析対象とし、アメリカ人パイルを比喩的に形容する〈静かな〉および〈無垢な〉という言葉に注目する。これらの言葉の多様的意義を検討することで、グリーンが意図するアメリカ人の、さらには〈カトリシズム〉の正体を明らかにしている。小林は、黒人作家が奴隷制と並置してホロコーストを描くことが、「トラウマの連帯」を生む可能性があることを指摘し、この読みは、閉鎖的ではなく、開かれた未来を指向することにつながることを示唆している。

本論では、植民地主義、帝国主義、ポストコロニアルの時代の作品を概観してきた。そしてポストコロニアル時代の、英文学としてくるにはあまりにも多様化する英語作家の創作活動を七編の論文でまとめたのだが、その一端をあざやかに描き出していると考える。

参照文献

E・W・サイード（大橋洋一訳）『文化と帝国主義1』みすず書房　一九九八

磯山甚一『イギリス・英国・小説――「ロビンソン・クルーソウ」、「ジェイン・エア」、「インドへの道」講義』文教大学出版事業部　二〇一〇

岡部伸『イギリス解体、ＥＵ崩落、ロシア台頭　ＥＵ離脱の真相を読む』ＰＨＰ新書　二〇一六

ジェイムズ・ジョイス（吉川信訳）『ジェイムズ・ジョイス全評論』筑摩書房　二〇一二

正木恒夫『植民地幻想』みすず書房　一九九五

Daniel Defoe. *The Life and Adventures of Robinson Crusoe*, edited with an Introduction by Angus Ross, Penguin Books, 1965. *The Farther Adventures of Robinson Crusoe*, edited by W. E. Owens, Pickering and Chatto, 2008.（邦訳　平井正穂訳『ロビンソン・クルーソー』岩波文庫、上一九六七、下一九七一、を参照）

E.M. Foster, *The Passage to India*, Penguin Books, edited by Oliver Stallybrass, 1989.（邦訳　瀬尾裕訳『インドへの道』ちくま文庫、一九九四、を参照）

Joseph Conrad, *Heart of Darkness*, David Campbell, 1993（邦訳　中野好夫訳『闇の奥』岩波文庫、九五八、を参照）

Rudyard Kipling, *Kim*, Macmillan. 1966（邦訳　斎藤兆史訳『少年キム』ちくま文庫、二〇一〇、を参照）

The Arden Edition of the Works of Willian Shakespeare, *The Tempest*, edited by Frank Kermode, Methuen & Co.Ltd. 1969.（邦訳　小田島雄志訳『テンペスト』白水Ｕブックス（三六）、一九八三、を参照）

第一部

非アングロ・サクソン系作家が見た自分の国

第1章　モーシン・ハミッドの『蛾の煙』
――パキスタンの恥部を描く

倉持　三郎

一　イスラム国家パキスタンの理解

本論はモーシン・ハミッド (Mohsin Hamid) の小説『蛾の煙 (*Moth Smoke*)』(二〇〇〇) を通してイスラム国家パキスタンを理解しようとするものである。世界の宗教人口比ではキリスト教徒が三三パーセント、イスラム教徒が二二パーセント、仏教徒が五パーセントという統計を抜きにしても、現在、イスラム教への関心なしでは世界の動向を見ることはできない。

パキスタンは人口約二億人で、その九七パーセントがイスラム教徒であるという純粋なイスラム国である。パキスタンは一九四七年に英領インドから独立した。大半はスンニ派で公用語はウルドゥー語、準公用語は英語である。国名の一部の Pak- は「清浄な」の意味である。そして一九五六年に国名に「イスラム」を加えて、「パキスタン・イスラム共和国」とした。そして一九七九年、ジア・ウル・ハック大統領はイスラム法に基づく布告を発布してイスラム化を促進した。だが、その動きの中で社会の実態はどうか、一九九〇年代の後半のラホールを舞台にした、この小説ではどう描かれているか。

作家のハミッドはパキスタン人であるが、アメリカの大学に学び、その思想に影響され、その視点からパキスタンを見ている。『蛾の煙』もアメリカ人教授の指導の下にアメリカの大学で書かれたものである。その目から見るとパキスタンは「清浄」とは言えず、かなり負の部分を持っていることがわかる。

二　中心人物たちと小説の枠組み

登場人物はパキスタン人で主要な人物は以下の三人である。中心人物は二九歳前後のダラシコー・シェザード (Darashikoh Shezad)、通称ダルー (Daru) と、ダルーと同じ年齢のその友人アウラングズィーブ・シャー (Aurangzeb Shah)、通称オーズィー (Ozi) と、彼の妻で二六歳のマムタッツ (Mumtaz) である。オーズィーは十一年ぶりでアメリカ留学から帰国した。

ダルーとオーズィーの名前の由来については作品の冒頭に説明がある。一七世紀ムガール帝国で皇位継承の問題が生じた。四人の王子のうちで長男のダラーと四男のアウラングズィーブの間に戦争が起こり、アウラングズィーブが勝って兄を殺した。アウラングズィーブが勝つ点では小説と歴史には共通点がある。(1)

この小説の構成に注意する必要がある。まず中心人物で語り手のダルーが最初の場面でも最後の場面でも刑務所に収監されている。つまり主人公は犯罪をおかして収監されている。どうして収監されたのかという理由が作品に書かれているということになる。

第二章では検事が起訴事実を述べる。

裁判長（一般の聞き手にも呼びかけている）、本日起訴された案件は、処刑人の仕事くらいに明白であります。被告人は、正義の重い刃の下に首を伸ばしました。その刃は落とされなければなりません。被告人の両手は血で染まっています。裁判長、若い者の血でですぞ。子供の血でですぞ［……］（八）

収監中の主人公の語り手が過去の事件を回想したり、裁判の過程で、他の主要人物が証人として登場して自分の立場から事実関係を証言するという形で作品が出来上がっていく。

三　ダルーの転落と麻薬

本作品の語り手であり主人公であるダルーはパキスタンのラホールにある銀行に勤務している。士官学校を卒業した父は一九七一年の東パキスタン独立をめぐる第三次印パ戦争に従軍したが、戦傷で死亡した。ダルー二歳の時であった。その後、士官学校で同期だったオーズィーの父の助力で彼は名門中等学校を卒業した後パンジャブ大学に入り卒業した。オーズィーの父親の紹介で銀行に入ることができた。母は事故で死んで彼はひとり住まいをしている。ボクシングで鍛えた肉体と闘争心を持っている。

「口座に五十万アメリカドルの預金があり、地方議会の議員」（一九―二〇）である地主が自分の三万アメリカドルの小切手が銀行の口座に入金されているかを聞きにきた。その地主が「初等教育の拡充に反対したり、国勢調査の実施を妨害する」（二〇）ことを知っているダルーは地主によい気持ちを持っていない。地主が小作人に対して使うような言い方をされてダルーは腹を立てた。客にこびへつらうために口があるのではないと思ってしまう。

私の仕事にまで封建的階級制度を押し付けるジワン氏の試みに対して私の返事の言葉はかぎられている。「ジワンさん、私はあなたが要求されているサービスをするため全力を尽くしています」

「わしが誰だか、ご存知かね」

堪忍袋の緒が切れそうになる。「存じております」

「わしは君を路頭に迷わせることができるんだよ」

「ジワンさん、おどかさないでください。私はあなたのために働いているのではありません。あなたは、当行の顧客です。わたしのサービスに不満なら銀行はほかにもあります」（二一）

地主がどんな男か知っているので、その尊大な態度にダルーは我慢できなかった。顧客の文句を聞いた支店長は即刻ダルーを馘首した。莫大な預金をしている客の機嫌を損じることは支店長にはできない。ダルーは退職後適当な働き口がない。アメリカの大学の学位がないという理由で面接もしてもらえない。オーズィーの父は見かねて自動車の販売会社をすすめる。しかし、ダルーは「銀行」か「多国籍企業」に勤めたいと言って断る。しかし、ダルーは銀行では失敗しているのだ。こういう気位ばかり高い彼の姿勢は批判されるべきだろう。

彼は麻薬売買を始める。彼自身それまでマリファナ入りたばこなど吸っていたり麻薬売買の仲介をしているムラード・バドシャー (Murad Badshah) と知り合いだったこともあり、後、麻薬の密売の仲介人になったり、売人になったりして転落していく。

ダルーの愛人になった、オーズィーの妻マムタツも心配している。ヘロインに手を付け始めたからである。次は彼がマムタツの前でヘロインを吸う場面である。


「エイチだよ」

「エイチ？」

「エイチ。ヘアリ。ヘロイン。君の体にはわるいよ」

「……」

「あなた、思ったより馬鹿みたいね」

彼女は私を見つめた。「やめなければだめよ」

「どうして？」

「馬鹿なことはいわないで。ヘロインよ。ハシーシュでもエクスでもないのよ。娯楽用の麻薬ではないのよ」

「どのくらい吸うかによるよ。気晴らしに吸っているだけだよ」。（二〇九）

人体に与える害ではヘロインはその禁断症状のひどさで麻薬中で最悪である。それにまでダルーははまっていった（作品から想像するとヘロインをタバコに混ぜて吸飲しているようだ）。麻薬はパキスタンでも規制されている。一九七九年の布告には次のようにある。

アヘンまたはコカの葉の輸出入、運搬、製造を行った者は終身刑または二年以上の禁固、三〇回以上のムチ打ち、ならびに罰金の刑と定められた。（中野　一九六）

浮浪児で可哀そうに思って母が連れてきて家事をさせている召使のマヌッチ（Manucci）にマリファナを売るなといわれる。「悪いことです。チャラスは売らないでください」。（二七八）一流の大学を出た人がマリファナを売り、召使がそれをいさめるという、あべこべの上下関係が生まれている。社会的地位がなくても、善し悪しを判断できる人間がいることで国は救われると作者は信じているのだろう。

ダルーは追い詰められて麻薬を仕入れ売ることに全力を尽くす。パーティーで知り合った裕福な家の少年に仕入れ値の八倍で売った。もっとほしいと言われて、少年の自宅に持っていったところ、その家の従業員たちに腰が立たないほどの暴行を受けた。父親に嘘でおびきだされたのである。

麻薬の仲介人バドシャーに誘われて開店中の高級洋品店に強盗に入った。ダルーは見張り役で店のガードマンに拳銃を突きつけて通報できないようにした。その間に、バドシャーは宝石を強奪した。この強盗の直前にもダルーはヘロインを吸っていた。その時、母親といっしょに店の中にいた子供が外へ出ようとした。外へ出してはいけないと思いダルーは拳銃で撃つ。その男の子がマムタツの子ムアザム（Muazzam）のように見えた。この時、子供を殺せば離れようとしている愛人のマムタツを引き留めることができるという幻想に動かされたと解釈できる。ヘロインのせいで冷静な判断を失ったといえる。その場面では、子供は殺害されたとは書いてないが、殺害を認めるムラードの言葉がある。「おれの友人で仲間のダラシコーが冷血な殺人の能力を発揮した」（六九）とある。

その後ダルーの自宅に警官が来る。逮捕され裁判を受ける。おかしな話だが、その容疑は高級洋品店の強盗と殺人ではない。次で述べる少年をはねた容疑であった。強盗、殺人が裁判で取り上げられないのは検察当局の怠慢のせいだと作者は批判しているのだろう。

タイトルの「蛾の煙」は後で述べるように主としてマムタツとダルーの姦通関係の比喩的表現である。だが、人間が麻薬に惹かれることの比喩でもあろう。電気代が払えなくて電気を止められたダルーの家では照明としてロウソクを使う。すると蛾が寄ってくる。蛾は、夜、月光を頼りに飛翔するので、人工の光を月光と錯誤してそれに近寄ってくるという。しかし、その灯火に惹かれているように見える。そしてみずからはそれを望んでいるわけではないが、たまたま羽に火がついて焼かれて煙となり消えてしまう。「愛は危険である」（一三八）ということは麻薬への執着が危険であるという意味でもあろう。主人公の麻薬による転落を見ていると、この小説はまず麻薬の脅威の重大さの警告と読める。もし麻薬を使用しなかったら、まともな生活を送ることができたであろう。

中野勝一「パキスタンの麻薬問題――ヘロインの蔓延」(2)によると一九八〇年頃より急速にパキスタンでは麻薬使用が増え社会問題になった。小説もこの重大問題にたいする警鐘であろう。中野はその中で麻薬を㈠ケシから作るアヘンやヘロイン㈡南米のコカの葉から取るコカイン㈢LSDなどの合成麻薬㈣大麻草から取ったハシーシュ、チャラス、マリファナに分類する。パキスタンは栽培、精製、売買でアフガニスタンとイランとならび麻薬の「黄金三日月地帯」をなす国であるとする。

四　富裕階層の不正

銀行に勤めていたダルーが馘首される原因になったのは地主に楯突いたからである。その地主は前述したように初等教育の拡充に反対する頑迷な保守派である。パキスタンの少女、マララ・ユスフザイが教育の必要を訴えて立ち上がり銃撃されながらも節を曲げず、二〇一四年度ノーベル平和賞を受賞したことはよく知られていることだ。彼女が戦ったのはこの地主のような昔ながらの考えを持っている階層に対してである。

パキスタンでは地主が特権階級である。水谷豊はパキスタンを「大地主制度下の農民国家」と規定している。

土地制度は植民地時代同様の半封建的な大地主制度(ザミーンダリ)が東西パキスタンのそれぞれ、八〇%、五〇%を占めていた。その後、土地制度改革は何度かみられるが、改革が中途半端だったり、実施がウヤムヤだったりして耕作農民にとっては微温的なものに留まり、一九七〇年代に入っても全国の土地の約七〇%を全体の約五%の地主が所有する状態が続いた。現在に至るまでこの基本的社会構造は変わっておらず、国民の意識を変えるには至っていない。こういったことも宗教面から来る諸制約、あるいは教育の不備から来る因習とともに、健全な中産階級がパキスタンで育ちにくい一つの大きな理由のように思われる。(一四)

全人口の五パーセントの地主が全国の土地の七〇パーセントを所有していることは、農業人口の大半が地主から土地を借りて耕作し、年貢を払う小作人ということになる。農産物を生産してもその利益を地主に吸い取られてしまう。日本でも戦前は大地主がおり、農民の約半数は小作人であった。敗戦後、一九四七年、小作人の票が共産党に入るのを恐れたアメリカ占領軍が主導して農地改革をさせた。原則として地主の所有地を一町歩(約百メートル四方)に限定した。この農地改革がパキスタンでは行われていないということである。

オーズィーの仕事の内容ははっきりしないが「資金の浄化 (money laundering)」をしているという。「資金の浄化」は法律に反する商行為で得た金銭を正当な商行為で得た金のようにすることである。前掲の中野勝一の論文「パキスタンの麻薬問題」によると麻薬を外国に密輸出した金で機械や、自動車など高価な品を購入しそれをパキスタンに運び売却して「浄化」する方法などがある。

オーズィーは資金洗浄を正当化するためにセシル・ローズを例にだす。大英帝国のケープ植民地現地政府の首相として彼は原地民を奴隷のような使って金を採掘した。その「汚い金」がのちには彼の名前の大学の建設に使われ、またオックスフォード大学に留学させる有名なローズ奨学金の原資になった。このように本来は「汚い」金が「きれいな」金に変わる。自分がしているのもそれだとオーズィーは開き直る。

マムタツはオーズィーの不正を知った。しかし彼女がそれを責めると夫は驚いた。イスラム教徒の妻は夫の言うことに反対してはならないと信じているようだ。またオーズィーの父も不正をしているのを知った。父は士官学校出であると書かれているが、のちに上級公務員になったようだ。勤務中に多額の賄賂をもらっていた。それを遠隔地の「課税回避地」(一五二) に預けているという。つまりパキスタンに払うべき税金を払わないで脱税しているということだ。オーズィーが帰国したのは一家の財産を守るためであった。父親は関係機関に調べられている。

さらに金のある者たちの間では賄賂が横行している。銀行を馘首される前の話だがダルーは飲酒容疑で警官につかまる。イスラム教の国パキスタンでは飲酒は犯罪である。しかし賄賂が横行している。ダルーも賄賂で逃げられることを知っているし警官も賄賂を期待している。「二千ルピーをくれ。そうすれば君を釈放するように同僚を説得する」（一七）と警官は言った。要求された二千ルピーをダルーは七百ルピーに値切って払い釈放された。そしてオーズィーは次のように公言する。

みんなパイから自分の分をちぎってたべている。パイはだんだん小さくなる。家族が大事ならば、まだ残っているうちにちぎることだ。おれがやっているのはそれだよ（一八五）

法律があってもそれを守らないのでは社会は腐敗し、国は乱れるだけだ。

五　オーズィーの罪をかぶるダルー

交差点で赤信号なのにパジェロに乗っているオーズィーがそれを無視して飛ばし自転車に乗っていた少年をはねた。スズキに乗っているダルーがそれを見た。はねたことも知らずオーズィーは現場を去る。ダルーは少年を病院に運ぶが、後、死亡する。ダルーはオーズィーの家に行きパジェロの前部にへこみがあることを確かめる。「規則を守れ」とダルーが言うと、「第一の規則は大きな車には優先権がある」（二五）とオーズィーはうそぶく。しかしオーズィーは自分がはねたことを認め、内々に遺族に弁償すると言い「おれのことは言わないでくれ」（九七）とダルーに頼む。昔からの親友であり、オーズィーの父親の経済的援助を受けたり銀行就職に口をきいてもらったので、ダルーは事実を警察に言うことができない。自分が罪をかぶる。実質的にはダルーは金持ちに屈服したことになる。

ダルーが起訴された裁判では、スズキに乗っていたダルーが少年をはねたという証人が現れる。検事は次のように述べてダルーの有罪を立証しようとする。

> 被告が少年をはねたのを見たという証人の証言や、被告人が認めているメーカー、モデル、ナンバーの車が引き逃げの場面から逃走するのを見たという証人の証言をどう考えますか。（二三五）

このでたらめの証言はオーズィーか、あるいは、その父親が買収したからだ。結果的には、金持ち階級は処罰を逃れることができるということになる。

六　正義派のジャーナリスト、マムタッツ

その腐敗した社会のなかで不正・汚職を告発するジャーナリストがオーズィーの妻で、三歳の息子、ムアザムがいるマムタッツである。彼女はアメリカで学んだ。そして「ズルフィカー・マントー(Zulfikar Manto)」というペンネームで新聞に告発記事を書き女性の人権を守ることをめざす。「マントーのペンは剣だ。だからズルフィカーだ」。(一一九)ウルドゥー語の Zulfikar=Zulfiqar は「剣」を意味するので筆者は男性と思われている。「売春や飲酒、セックス、ラホールの恥部(underbelly)を書いた」。(一一九)ここではラホールの話であるが、作者の意図はパキスタンの恥部という意味であろう。

マムタッツはアメリカで学びアメリカ文化の影響を受けて、クルアーン(コーラン)にあるような男性優位の思想ではなくて、男女同権というアメリカ人の視点でパキスタンを見ている。彼女はジャーナリストとして女性蔑視の現状を取り上げている。ダルーを伴って彼女は売春宿を訪れて聞き取り調査をする。かつては売春婦であったが現在は売春宿を経営しているディララムに話を聞く。

「私の村の地主が自分の家に来るようにと言った。私は行かないといった。すると一家を皆殺しにすると脅かした。行くと、強姦された。[……]地主は繰り返し、私を来させた。息子た

ちにも私を強姦させた。時折、彼の友人たちにもさせた。［……］私は妊娠した。地主は、ラホールから来た男が私をそこに連れて行き結婚すると言った。私はその言葉を信じなかったが、村人たちは言った。それが名誉を回復するただ一つの方法だと。それで私は行った。その男は私を医者の所に連れていった。医者は中絶手術をした。それからその男は言った。地主から五〇ルピーを出してお前を買った。だから、村に帰りたかったらその金を払え。［……］彼は私をヒーラ・マンディ街に連れていき、五〇ルピーを手に入れるまで私に男を取らせた。［……］彼は村人たちは私が戻っても仲間外れにするだろうといった。私が名誉を失ったからだ。彼の言葉を私は信じた。なぜなら家族のもとに戻ったところ、父か兄弟に殺された女たちの話を知っていたから。（五〇―五一）

ここでは、すでに触れたように地主が権力を持っていて小作人である村人たちをあたかも農奴のように支配している姿が描かれている。強姦はパキスタンにおいても犯罪なのだ。ただ、それを摘発できる人がいないし制度がないのだ。

一九七九年に発布されたイスラム法に基づいた「布告」(3)はクルアーンを法源として婚外の男女関係、すなわち強姦、私通、姦通の取り締まりを厳重にした。小説の扱っている時期はこの布告が文字通り実施されていた時である。強姦罪を立証するためには四人のイスラム教徒男性の証人が必要なのだ。地主一家の者たちは自分たちが犯した罪を口にだすはずはない。さらに女性が強姦のため妊娠すると私通罪（fornication）に問われる。私通罪は日本の刑法にはない犯罪で結婚していない男女の性交を犯罪としている。その上、その種の男女の関係を家族の恥として家族が処刑する名誉殺人（honor killing）の慣習がある。

前述の事件でその女性が家に戻ったら父か兄に殺されるとある。この意味は結婚前に男女関係を持つとそれは一家の恥であるという考えがあるからだ。そしてその女性を父か兄が殺害することが正当化されていた。これが名誉殺人である。これはイスラム教とは直接関係がなくパキスタンのある地域の習慣であった。これは明らかな殺人であるが、その実行者を大目にみる慣習があり現在でも続いている。

二〇〇二年パンジャブ州で小説でとりあげられたような事件が実際におこった。同州の農村でムフタール・マーイーという女性が村議会の指示で複数の男性により強姦されるという事件が起こった。彼女は勇敢にも警察に告発した。第一審は五人に死刑求刑で、一人に終身刑の判決であったが「ラホール高裁は証拠不十分として、ひとりに終身刑、他は無罪とした。最高裁も高裁の判決を支持した」（中野　二七四）。前述したように、強姦罪の成立にはイスラム教徒の四人の男性の証言が必要なのだから証拠不十分はありうる。

これに対して人権団体、女性団体からの強い反発が起こり、二〇〇六年、政府はイスラム法による刑罰を改正する法案を下院に提出した。イスラム教団体の抵抗を抑えて下院を通過して上院に提出され可決された。女性保護法として発布・施行された。この成立により、強姦には「四人のイスラム教徒男性の証人が必要」は消えた。ただし、女性保護法の成立は、一九七九年の布告を撤廃させるものではない。(4)

七　マムタツの姦通

マムタツは女性たちの悲惨な立場に同情して不平等を摘発しているが、自分とダルーが姦通の関係にあることをどう考えているのだろうか。この姦通はマムタツの方が積極的だったようだ。不正に鈍感な夫のオーズィーと違ってダルーは一本気なところがあったからだろうか。夫のオーズィーはふたりの関係を知っている。「レイン（オーズィーを指す）は親友が妻の上に乗って動いているのを見た」（一九二）。タイトルの「蛾の煙」は、姦通罪を犯しているマムタツの危険な状況を表現している。

彼女（マムタツ）は円を描く。炎に距離をおき、夫とさらに息子を捨てないように用心しながら。しかし、おれのロウソクに近づく蛾のように、やってきて必要以上に帰らないでいる。夕食時や誕生日パーティには遅刻し、羽を焦がしている。おれのために、結婚を家族を自分の評判を危険にさらしている。（二〇四）

パキスタンでは姦通は家族崩壊ですむわけではない。日本では敗戦後の刑法改正で姦通罪は刑法から削除されたがイスラム国パキスタンではわけが違う。一八六〇年の英領インド法を引き継ぐパキスタン刑法四九七条では姦通は「五年以下の禁固、または罰金あるいはその双方」（四九七条）[5]であったが一九七九年の布告では、「公開の場での石打ち死刑」[6]とされた。これを考えるとマムターツの行動は大胆で不敵である。

八　結び

麻薬の使用に対する危機意識、富裕層の汚職にたいする非難、不当に差別された女性の権利を守るべきだというメッセージは読みとれる。クルアーンにおける男性優位の思想が女性の地位の低さ、女性の権利の軽視となって表れていることも読みとれる。したがってイスラム教のすべてをそのまま肯定することは無理があるということになる。

注

（1）フランソワ・ベルニエ『ムガル帝国誌』（岩波書店、二〇一二年）や関、倉田、小名、赤木共著『ムガール帝国歴代誌』（岩波書店、一九九三年）が参考になる。英文学では John Dryden, *Aureng-zebe* (1675) がアウラングズィーブ王を題材にしている。
（2）中野勝一「パキスタンの麻薬問題――ヘロインの蔓延」「アジア経済」一九九二年一二月号。
（3）Offence of Zina (Enforcement of Hudood) Ordinance 1979 pdf/2019/10/8.
（4）浅野宣之は「パキスタンの法制度は、イギリス統治期に導入された近代法制度と、宗教法などの固有の法制度が並立する形で存在している」「パキスタン政治の混迷と司法――軍事政権の終焉と民政復活における司法部のプレゼンス――」（佐藤創編 日本貿易振興機構アジア経済研究所、二〇一〇年）五五頁）と書く。「女性保護法」という議会法もイスラム法と並立していると考えるべきであろう。連邦イスラム法裁判所は議会法に干渉することもありうる。
（5）British India Penal Code 1860 pdf/2019/10/7.
（6）注3と同じ布告。

引用文献

Mohsin Hamid, *Moth Smoke*. Granta Books, 2000.
中野勝一『パキスタンの政治史　民主国家への苦難の道』明石書店、二〇一四年。
水谷豊『苦悩するパキスタン』花伝社、二〇一一年。

第2章

脱・セキュリタイゼーションの試み

――カーレド・ホッセイニの『千の輝く太陽』の「再構築」

薄井　良治

中国とアメリカ合衆国の貿易戦争や日本の韓国へのホワイト国外し、北朝鮮の脅威、カシミール地方の領有権をめぐるインドとパキスタンの対立など、国家間の対立が危機的状況に陥る懸念は現在の世界中に存在する。このような時こそ相手に対していたずらに敵愾心を持つのではなく、冷静に一歩引いて考えることが必要だろう。そして、その危機感を高めている要因とはいったい何なのかを改めて考えてみることは大事なことである。その危機感を煽る行為のひとつに「セキュリタイゼーション」(Securitization) というものがある。この国際関係論の概念を文学批評に用いた例はないのではないかと思われるが、イギリスのＥＵ離脱、移民排斥、人種や宗教的対立、貧富の差の拡大など、世界的に分断の動きが進行しているなかで、他の学問領域から知恵を拝借して、作品をよりよく理解しようと努める試みは大いに意義があると思う。

そもそもセキュリタイゼーションとは、「『安全保障問題が社会的に構成』され、現状の法を大きく変更したり、緊急の対応が必要であるという流れになることを指す。[Barry] Buzan や [Ole] Wæver といった学者たちが提唱し、彼らはコペンハーゲン学派と呼ばれている」（伊勢崎　七）。そして「コペンハーゲン学派は、セキュリタイゼーションを単なる社会（人々）が煽られる現象でとしてではなく、決定する権利を持った政府による明確な政治判断であると主張している」（伊勢崎　八）。さらに、「セキュリタイズされた後は、一般的に非常手段、すなわち『セキュリタイズしなかったら聴衆が受け入れなかったであろう手段』が実行される。具体的には、基本的人権の制限、旅行の自由の制限、監視の強化、プライバシーの制限、公共施設や交通機関でのセキュリティー強化などが挙げられる」（伊勢崎　九）。また、「セキュリタイゼーションは、主として政府や人々によって発られる『言葉』（プロパガンダ）によっておこると考えられる」（伊勢崎　八）。このセキュリタイゼーションに対してブザンは「セキュリタイゼーションは通常の政治の対処の失敗であり、好ましくないと考えられるべきだ。［……］脱セキュリタイゼーション [Descuritization] こそ最良の長期的解決策だ」（伊勢崎　一〇）と言っている。セキュリタイゼーションによってわれわれは、必要以上に相手に対して危機感を持ったり、基本的人権を制限されたり、政治に対して適切な評価を下せなくなるなど大いに不利益を被ってしまう。脱セキュリタイゼーションにはいくつかの方法があるが、一つには「再構築」（伊勢崎　二〇一二）がある。「Matti Jutila は［……］『アイデンティティを再構築すること、互いが互いをどう見えるかを変えること』がより優れた解決策だとしている」（伊勢崎　二〇一二）。

この脱セキュリタイゼーションの再構築の観点から、アフガニスタン出身の作家、カーレド・ホッセイニの小説『千の輝く太陽』（二〇〇七）を読んでみたいと思う。アフガニスタンという国の歴史を振り返ってみたときにセキュリタイゼーションの例が見られ、それに対抗する彼の脱セキュリタイゼーションの方策がこの作品の中に読み取れるからである。

アフガニスタンの国境は、一九世紀の後半に確定されたが、大部分の国境は地理的な特徴によって定められたものではなく、歴史的伝統に基づいたものでもない。英国とロシアが直接対峙することを避けるための緩衝国とするために、両国の国境策定委員会が定めたものである。当時、英国とロシアの「大勝負」の時期であり、その状況をキプリングは『少年キム』の中で詳述している（フォーヘルサング　二〇一二）。また、この国境は伝統的な部族の土地を通過していることが多く、特に東側が顕著で、パシュトゥーン人の土地は一八九三年制定の国境のひとつの「デュランド・ライン」によって分割されている（フォーヘルサング　二〇一二）。一九四七年のパキスタンの独立・建国によってこの「デュランド・ライン」はアフガニスタンとパキスタンの国境線になったが、両政府はこの国境を正式に認めたわけではなく、両国間に緊張状態が続くこととなった。歴代のアフガニスタン政府はパシュトゥーン人居住地のうち、パキスタン領になっている地域を独立させるか、アフガニスタンに併合するか検討してきた。特に、ムハンマド・ダーウード・ハーン首相（在職一九五三―六三年）時代はアフガニスタンとパキスタンは国境問題で激しく対立した（深町　七四）。この国境問題に関してかつてイギリスの外交官であったマーティン・ユアンズは、ダーウードはあきらかに勝てないとわかっているパキスタンとの対立に、長く固執した理由は定かではないが、多くの独裁者と同じく、国内の不満から注意をそらすために国外の紛争を追求していただけだったのではないかと述べている（ユアンズ　二〇一）。つまり、アフガニスタンがパキスタンをセキュリタイズしていたと言えるだろう。こうした風土で育ったホッセイニなら、権力者たちのセキュイタイゼーションに気づかないことはないのではないか。そのため、『千の輝ける太陽』にはホッセイニの脱セキュリタイゼーションのための「再構築」の方策が随所に読み取れるように思う。一つ一つの項目を検証していきたい。

1　複数の視点

この小説の主人公は二人の女性、マリアム（一九五九年生まれ）とライラ（一九七八年生まれ）と言って良いだろう。複数の主人公を設定し、異なった視点から物語を語ることで、ものの見方や考え方の相対化を図っていて、その相対化は脱セキュリタイゼーションの方策と思われる。実際に、第三部二十七章から四十七章のタイトルが交互に「マリアム」と「ライラ」であり、それぞれの視点で書かれている。

また、一人の人物の印象も複数の人物の視点から語られ相対化されている。例えば、マリアムとその母のナナの視点で語られるマリアムの父ジャリルの人物像は相反するものである。ハラミ（私生児）であるマリアムにとってジャリルの毎週木曜日の一、二時間の土産を携えての訪問は、無上の喜びである。さらに、「彼女［マリアム］はジャリルの広範な知識ゆえに敬服した。そのような知識のある父を持てた誇りに震えるほどだった」(Hosseini 5) とあり、彼女にとってはこのうえなく立派な人物である。それに対し、「『何と大げさな嘘なの。金持ちは大げさな嘘をつく。あの人はけしてどの木も見に連れて行ってくれたためしがない。うまく取り入られてはだめだよ。私たちは裏切られたんだよ。お前の愛しいお父さんに』」(Hosseini 5) とあり、全く対照的な人物像である。また、マリアムの誕生の様子もジャリルとナナの間では食い違いがある。ナナは、陣痛が激しくなって枕を噛んだり、声が枯れるまで泣き叫んだりした。それでも顔を拭いたり、水を飲ませたりしに誰も来てくれなかった (Hosseini 11) というのに対し、ジャリルは離れたところにいたが、かかりつけ医がいるヘラートの病院にナナが連れて行ってもらえるように手配してあった (Hosseini

12）と主張するといった塩梅である。立場の違う人間からの人物像や出来事に関する異なった見解が並列されているのである。まさに相対化が試みられている。

2　父親像

先にジャリルに対する異なった人間の視点による描写を見てみたが、次に父親の立場にある三人の人間を見てみよう。まずは前述のジャリルであるが、その父親像を要約すると、愛情豊かな良き父親で、イスラムの伝統的な家父長として、また実業家として立派な生活を送っているといったところである。その一方で、婚外子のマリアムの庵には週一日しかやってこないし、自分の都合の悪い時にはやっても来ない。マリアムが大きくなってヘラートのジャリルの家に彼に会いに行くと、正式に結婚している妻たちの手前、会うことを拒絶する。自分の都合を優先する身勝手な父親でもある。

つぎに、マリアムとライラの夫となるラシードは、結婚当初こそはマリアムにやさしかったが、彼女が流産を繰り返すうちに、次第に暴力を振るうようになり、ついには夕飯のご飯が固いといって庭の小石をマリアムに噛ませ、奥歯を折るような残忍な男である。彼はイスラム教の価値観、

「社会を『外』と『内』あるいは『公』と『私』、男の領域と女の領域にはっきりと分ける」（竹下三一七）二分法に則って、家事をし、子供を産み育てるのが女性の役目だと思っている。ところが、イスラム教徒として大切なラマダンを「一握りの日を除いて、断食をしない」(Hosseini 84) とあり、イスラム教を都合よく捉えている。また、マリアムやライラに暴力を振るう一方で、ライラの生んだ息子ザルマイには子煩悩な父親である。

ライラの父親ハキムはソ連が侵攻してくる以前は数学教師をしていたが、共産主義政権誕生後の女性の社会進出により教職を追われ、工場労働者になるのだが、愚痴を言わずに働き、ライラに家で数学を教えるなど、子供の教育に気を配る素晴らしい父親である。そのような、ハキムでさえ、二人の息子をソ連との戦いで失った後、妻のファリバとコミュニケーションをうまく取ることが出来なくなってしまう。

このように三者三様の父親を描くことによって、権力によるセキュリタイゼーションに利用されるイスラム文化圏におけるオリエンタリズム的ステレオタイプ化された父親像を描くことを避けている。そして、そのひとりひとりが単なる「善人」と「悪人」といった類型に当て嵌められない。しかも、程度の差こそあるものの、それぞれ「善」と「悪」を持っている。こうした人物の捉え方もホッセイニの考える脱セキュリタイゼーションの方策であると思う。

3　社会体制

社会体制などは相対的な存在の極みかもしれない。「一九七八年四月一七日、マリアムが一九歳になった年ミル・アクバル・ハイベルが他殺体で発見された」(Hosseini 103)。犯人はダーウード大統領が送ったものなのか、ハイバルに敵対的なマルクス主義者なのか不明だったが、政権と、マルクス主義者との対立が決定的となり、左翼政党の人民民主党の指導者タラキーが軍事クーデターを起こし、アフガニスタン民主共和国の大統領兼首相になった（フォーヘルサング　四七〇―四七一）。こうして共産主義政権が誕生するのだが、その革命の指揮官であるアブドゥル・カイバー空軍大佐によるアフガニスタン民主共和国誕生のラジオ放送を聞き、ラシードは、「『金持ちには悪い事らしいな、［……］多分われわれにはそんなに悪くないだろう』」(Hosseini 108) と言う。それを聞き、マリアムは父ジャリルとその家族の行く末のことを心配する。社会体制が変わろうと自分の父親への愛は変わらない。不変の愛情とドラスティックに変化する政治体制を並列することによって、いっそう政治体制の相対性が強調される。そのことで特定の政治体制の発揮するセキュリタイゼーションのありようが可視化されているのだ。

前述のように、共産主義政権の誕生による、女性の社会進出の結果、ライラの父は教員の職から追いやられてしまうが、その一方で、ライラは男女平等の教育を受けられるようになる（奇しくも、共産主義政権が誕生した日の夜、ファリバがライラを出産する）。新政権は当初はイスラム教を支持した（フォーヘルサング　四七一）が、マルクス主義の新しい指導者たちは、黒・赤・緑の三色の国旗を赤旗に変え、イスラム教に対する信仰を公言することをやめ（フォーヘルサング　四七二―七三）、ムスリムの反政府運動を刺激し、党内ハルク派とパルチャム派の対立で政権内外の対立が増大することとなり、さらにはイランのイスラム革命が政権に対する抵抗を後押し（フォーヘルサング　四七四）、ソ連はアフガニスタンへの軍事介入を決定した（フォーヘルサング　四七六）。やがて、政権並びにソ連という「『異教徒』であるマルクス主義者からイスラーム教を守る」（フォーヘルサング　四八二）ムジャーヒディーンが、両者に対し戦いを挑み、ライラの二人の兄はその戦いに加わり、命を落とす。ムジャーヒディーンがソ連軍を撤退させるが、そののちの内紛による戦闘で、ライラは両親を失ってしまう。その内紛をタリバンが終わらせ、政権を担うと、つかの間の安定はもたらされるが、イスラムの戒律の順守により、ライラたち女性の人権が後退してしまう。このように、社会体制の変化という相対的な存在のおかげで、登場人物たちは自分たちの生き方に変更を強いられる。ホッセイニは歴史的事実と登場人物たちを巧みに絡めて、時の政権の思惑に翻弄されることの悲劇と愚かしさを指摘している。

4　固定観念の払拭

さらに、ホッセイニは権力によってセキュリタイゼーションに利用されるさまざまな固定観念の払拭、つまりアイデンティティの再構築を脱セキュリタイゼーションの企てとして行う。たとえば、タリクの義足。ソ連との戦争から帰還したタリクは失った足に義足を嵌めることになる。タリクの義足には、一般的に考えて、戦争の犠牲という被害者のイメージがついて回るだろう。ところが、ライラがいじめっ子のカディムに小便をかけられると、その報復のために「ストラップを外して刀のように振りかざす」(Hosseini 143) とまるでライラを守る刀のように描かれている。武器として義足を扱うことの賛否は別として、義足に対する固定概念を覆そうとするホセイニの試みは読み取れるであろう。

このことはブルカにも当てはまる。非イスラム教圏の人間にとってブルカは男尊女卑の象徴に見えるかもしれない。ラシードにとってブルカは宗教的意味合いよりも、自分の妻を抑圧するための道具で、既婚女性がブルカを着用するのは当然のことと思っている。ハキムの妻ファリバについては「同じ通りに教師が住んでいる。ハキムという名だ。その妻ファリバが頭にスカーフだけのせて、通りを歩いているのを見かけた。正直、自分の妻を抑えきれない男を見ると気分が悪い」(Hosseini 75) と言い、ラシードにとってブルカは女性を抑圧しておくものである。実際にラシードはミリアムと結婚したとき、ブルカをギフトとしてプレゼントしている。ライラもラシードと結婚したあとは当然ブルカを着用する。そのライラのブルカに対する印象はどうであろうか。「彼女［ライラ］は常につまずいたり、転んだり、道路の穴に引っ掛かって足を挫くのではないかとびくびくして歩いていた。それでも、ブルカが与えてくれる匿名性にある種の安らぎを見出した」(Hosseini 246) とあるように、ブルカの匿名性にある種の解放感を感じる。もちろん、男性作者による見解と言った批判もできるだろう。しかし、その匿名性という指摘も考慮されるべきであろう。ラシードの暴力から逃れる為に、マリアムとライラは二人して家を出て、パキスタンへ脱出しようとする。気が付いたラシードは二人を追う。二人の乗ったタクシーが目の前を走り去るが、ブルカを着ているので気が付かない。「彼女［ライラ］はシートに沈み込むようにして身を隠した。その傍らでマリアムは祈っていた。ライラはマリアムの顔を見たかった。しかし、マリアムはブルカを着ていた、二人共だったが、彼女には網目越しにマリアムのギラギラ光る眼しか見えなかった」(Hosseini 275) とあるように、ラシード自らが与えたブルカで二人を見失うという、しっぺ返しになっている。フランツ・ファノンは、フランス領時代のアルジェリアで、独立運動に身を投じた女性闘士たちが、親フランスを装うためにヴェールを脱ぎ捨て、ついで武力闘争のための武器を隠すためにヴェールを身に着けたことを取り上げている。彼女たちにとって、ヴェールは、カモフラージュや闘争の手段として道具化されていて、植民地状況下でのイスラム教のタブー的な性格は、独立闘争の間はほとんど消滅していたという（ファノン　三七）。

このブルカに関するイスラム教のタブーとしての見方の否定は、フランスでのムスリムに対するセキュリタイゼーションの例としての「スカーフ論争」を思い出させる。ムスリム女性のスカーフ着用は男尊女卑の象徴であるとし、フランスは二〇〇四年と二〇一一年にムスリム女性のスカーフ着用をライシテ（政教分離原則）に反するとして、禁止する法律を制定した。しかし、フランスに住んでいるムスリム女性は信仰の自由から着用していて、スカーフ着用禁止は結果的にムスリムというマイノリティー排斥に利用された（伊勢崎　八三）というものである。ちなみに、昨年ブッカー賞を受賞したバーナーディン・エヴァリストは、その受賞作の *Girl, Woman, Other* (2019) で、ムスリムとしてのアイデンティティとスマートフォン挿しの利便性からヒジャブを着用する Waris という人物を登場させている (Evaristo 57–58)。

さらに、ホッセイニはバーミヤンの仏陀像が示す文化の多様性を指摘している。アキムはライラとタリクの教育のために、二人をバーミヤンまで連れて行き、そこにある仏陀像を見学する。バーミヤンの仏陀像はアフガニスタンの文化の多様性を表している。「ババ〔ハキム〕は二人にバーミヤンは九世紀にイスラム系アラブの支配下になるまで、仏教の中心地として栄えたと言った」(Hosseini 158) さらに、「『ここに来るといつも思い出すことがある。静けさ、そして安らぎだ。それらを君たちに体感してもらいたい。しかし、また君たちに国の遺産を見て、豊かな過去を学んで欲しい』

とババは言った」(Hosseini 158)。アフガニスタンはイスラム教文化だけでなく、多様な文化を持っていて、それを知ることは重要であるとホッセイニは言う。仏陀像をタリバンは「偶像崇拝と罪の対象」(Hosseini 158) としてTNTで破壊してしまう。他の宗教を認めない、つまり多様性の否定なのである。ソ連がアフガニスタンから追い出され、ムスリム政権が誕生しようとしている時、ライラが暴力的なラシードの子をみずから流産させようとするのを思い留まる。憎い人の子でも殺さない。多様性をもった文化財を破壊してしまった偏狭なタリバンに対するホッセイニの抗議ととれるだろう。

孤児院についてもホッセイニは既成概念を打ち壊す描写をしている。マリアムがラシードの子として娘アズィザを産む。ところが、ラシードが近隣の店の失火による火災で自分の店を失い、働きに出るのだが、うまくいかず困窮する。そこで、父親がいないこととしてアズィザを孤児院に預ける。この孤児院のことも、「アズィザはカカ・ザマンが、子供たちにたいていは読み書きだが、時には地理、いくらかの歴史や科学、植物や動物についての新しいことを毎日教えるようにしていると言った」(Hosseini 344) とあるように、カカ・ザマン院長の方針でアズィザは幅広い知識を授けられた。もし孤児院に入っていなかったら、そのような教育を受けられただろうか。

さらに、刑務所についてもホッセイニは一般的と思われるものと異なった見方を与えている。ラシードを殺害した罪によりミリアムは裁判にかけられ、死刑を宣告され、処刑までワリアット刑務所に収監される。同じ房の女性たちはみな「家出」といった軽微な罪である。その結果、ミリアムは一種のセレブリティ扱いを受ける。他の女性たちは「彼女を恭しく、ほとんど畏敬の念をもった表情で見つめ」そして「彼女たちは彼女に毛布を差し出した。女性たちは競って食べ物を彼女と分け合おうとした」(Hosseini 388)。ムスリム社会の非嫡出子として生まれ、世の中から顧みられず、ましてや親切にされたこともない彼女は、刑務所という、ともすると非人道的な扱いを受ける施設というイメージを持つ場所で、それまでに味わったことのない親切に出会う。

加えて、処刑にいたっては「こんな風に死ぬのも悪くないとマリアムは思った。悪くない。これは、非合法な存在として始まった人生の合法的な終わりだった」(Hosseini 396)と。死刑には確かに賛否両論があるだろうが、ムスリムの非嫡出子として生まれたマリアムの存在は公式に処刑されることによって、その存在が公式なものとなったという見方もできるであろう。

有志連合諸国の主導者アメリカ合衆国の介入についても両論併記になっている。ソ連撤退後のタリバンの勢力伸長に対して、「アメリカは再び軍閥に武器を供与し、タリバンとオサマ・ビン・ラディンを追い払うために北部同盟の協力を支援した」(Hosseini 412)ことに関しても、タリクは『そんなに悪いことではない』(Hosseini 412)と言うが、ライラは、『「私は戦争を知っている。戦争で両親を亡くしたわ。私の『両親』を、タリク」(Hosseini 412)とあくまでも戦争を否定している。

5　おわりに

ハキムはライラとの会話の中で、『ライラ、いいかい、アフガニスタン人が打ち負かすことができない唯一の敵はアフガニスタン人自身だ』(Hosseini 145) と言っている。為政者や軍閥あるいは部族の権力者たちは、仮想敵を見出して自らの権力の座を安泰にしようとしてきた。しかし、本当の敵は自らの中にいる、つまり、彼らのセキュリタイゼーションにのってしまって敵を作り出すのは、その国に住む一人一人であるということではないか。ライラの母ファリバは、ソ連との戦闘で二人の息子を失って以来、ふさぎがちになり、ベッドから起き上がれないことが多く、引きこもりがちになってしまう。そのような彼女は年頃になったライラとタリクの間柄を案じてライラに注意する。その際、「『私が言いたいのは、気をつけないと、人はうわさをするものだから』」(Hosseini 173) と彼女は言う。世間と没交渉になり、少ない情報のなか、うわさに左右されてしまう彼女の心情は察して余りある。うわさを鵜呑みにし、疑心暗鬼にかられ、不要な敵を作り出してしまうことは往々にしてあることである。敵対関係に相対化という視点を与え、その国に暮らす一人一人が脱セキュリタイゼーション的思考をすることが、国全体の脱セキュリタイゼーションに繋がる。そのためには、情報に対するリテラシーも含めた教育が大切である。その教育の大切さは最後の場面に繋がる。かつて、一家が生き残るためにザルマイを預けた孤児院が、タリバン政権の崩壊後、ザマンとライラそしてタリクが学校にし、ライラが教師として子供たちを教育している。「アフガニスタンに約束された援助資金は来ない」(Hosseini 441)とあるので、ザマンやライラ自ら調達した資金――ジャリルがマリアムに残した「黄麻袋に入ったお金」(Hosseini 435)も多分充てて――で運営している。ここに、ホッセイニの考える教育の大切さと、国家よりも個人の取り組みの大切さが伺われる。しかも、教育に積極的に女性がかかわっているのだ。その教室で、「生徒が声を合わせて本を読む間、ライラはカーテンのない窓の所に行った。窓ガラス越しに男の子たちが運動場で並んでフリースローの練習をしているのが見えた」(Hosseini 442)とあるように、この学校では教室は別かもしれないが、男女が学んでいる。また、九・一一以後介入してきたアメリカ合衆国で盛んなバスケットボールを敵視せず、一つのスポーツとして、男の子たちが練習している。この相対化こそが、脱セキュリタイゼーションの試みであり、それを担っているのは子供たちだということではないか。

今や教師であるライラについて言えば、脱セキュリタイゼーションの方法には「再構築」ばかりではなく、「解体」という方法もある。「脅威となった特定のグループについて、その従来の捉えかたをやめて違う枠組みに細分化していくこと。例えば『黒人』というグループがあれば、黒人と捉えるのをやめ、母、父、子供とか、先生、学生とか違う観点からその人を捉えるということになる」(伊勢崎　一〇)。その論法からすると、ライラはアフガニスタンのムスリム女性であると同時に教師であり、母である。この違った役割を与えることは「解体」にあたるだろう。

　ホッセイニ自身は本作についての Noah Charney のインタヴューの中で、なぜ英語で書くかの問いに「ファルシ語でフィクションを書いてから数十年も経ったので、ファルシ語の語り口を失ってしまい、英語のリズムや抑揚が頭の中にあるから」と言っている。英語で書く方が彼にとっては自然なことになったようである。しかし、多和田葉子は、「［ロベルト・］シュトックハンマー氏に言わせれば、すべての創作言語は『選び取られたものだ』ということになる」（多和田　八）と言い、セネガルの作家ゴルギ・ディエンが英語で小説を書くことを取り上げて「歴史によってフランス語で書くことを強制されていた過去に抗議する時に、自分の母語に帰還するのではなく、個人の自由を最大限に利用して、全然別の言語を選ぶという態度に、清々しいものを感じもした」（多和田　六）と言っているが、ホッセイニが英語で書くことによって、自分の生まれた国の歴史ばかりでなく文化や人の物の見方を解体や再構築しようとしたとしてもおかしくないだろう。また彼は、Kate Kellaway のインタヴューに答えて「私は一九七〇年代の半ばからアフガニスタンに住んでいないので、私は「アフガニスタンを」斜めに見ている。私は困難な時代を生きた人々のことを想像力を飛躍させて書く」と言っていて、彼にとっては、アフガニスタンの外に住むことで、アフガニスタンを相対的に見ることが可能なのではないか。また、徳永恭子が「『エクソフォン文学』は、他言語で書く理由が植民地支配であったり、亡命であったりしたとしても、そこに自発性を見、世界を様々な言語が響き合う交響の場としてとらえる非常に創造的で、肯定的な概念である」（徳永　一八）と言うように、英語で書くことによって、アフガニスタンを様々な声が響き合う交響の場に引き出して、解体、再構築を実践している。そうすることによって、互いに敵視しているもの同士、一歩引いて冷静に考える思考法を示唆しているのではないだろうか。

参考文献

Charney, Noah. "Khaled Hosseini: How I Write" *Daily Beast*, November 7, 2014, <https://www.thedailybeast.com/khaled-hosseini-how-i-write> (accessed February 27, 2020).

Evaristo, Bernadine. *Girl, Woman, Other*. London: Hamish Hamilton, 2019.

ユアンズ、マーティン『アフガニスタンの歴史——旧石器時代から現代まで』金子民雄監修、柳沢圭子他訳、明石書店、二〇〇二。

ファノン、フランツ『革命の社会学』宮ヶ谷徳三、花輪莞爾、海老坂武訳、みすず書房、一九八四。

フォーヘルサング、ヴィレム『アフガニスタンの歴史と文化』前田幸作、山内和也監訳、明石書店、二〇〇五。

深町宏樹「第四章　パキスタンの対アフガニスタン関係」（『アフガニスタンの対周辺国関係』調査研究報告書、鈴木均編、アジア経済研究所、七七—八六、二〇〇六）。

Hosseini, Khaled. *A Thousand Splendid Sun.* 2007, New York: Riverhead Books, 2008.

伊勢崎賢治「テーマ：北朝鮮は本当に『悪魔の国』か?~世界の事例から見る『国難』のつくられ方」（第四四回「マガ九学校」資料、東京外国語大学平和構築論ゼミ編、二〇一八）。

Kellaway, Kate. “Khaled Hosseini: ‘I have reconnected with Afghanistan in an intimate way’” *The Guardian*, May 4, 2014, <http://www.thegatdian.com/books/2014/may/04/.com/books/2014/may/04/Khaled-hosseini-reconnected-with-afganistan-kite-Runner> (accessed February 27, 2020).

竹下政孝編『イスラームの思考回路』悠思社、一九九五。

多和田葉子『エクソフォニー——母語の外へ出る旅』岩波書店、二〇〇三。

徳永恭子「マイナー文学に関する一考察——アフガン作家アティーク・ラヒーミーの作品について」（『近畿大学教養・外国語教育センター紀要』三（二）』一七—三一、二〇一三）。

第3章 コルム・トビーンの『ブルックリン』における移民者の郷愁と自立
――アイルランド人の意識の再構想へ向けて

結城 史郎

コルム・トビーンの『ブルックリン』(二〇〇九)は、主人公アイリーシュ・レイシーの自己実現を描いている。彼女は経済的に停滞したアイルランド南東部のエニスコーシーで生まれ、アメリカのブルックリンへ移民し、デパートで売り子として働く。祖国に郷愁を覚えながらも夜学に通い、イタリア系の青年と恋に落ちる。そして短期の帰郷の間に他国での暮らしに不安をかき立てられるものの、希望を抱き、再びブルックリンへと戻る。郷愁と自立との間で心を苛まれつつも、自らの拠点をブルックリンに定めることにしたのだ。物語は一九五〇年代初頭のことであるが、アイリーシュの苦悩は現代の移民者たちにも当てはまる。アイルランドはこれまで多くの国民を他国に送り出してきたし、逆に近年ではポーランド、中国、ナイジェリアなど他国からの移民を受け入れている。アイリーシュの苦悩の背後には、そうした国内外への移民者への共感も投影されていよう。「アイリーシュ」(Eilis) という名前は「アイルランド」(Ireland/Eire) を連想させる。本稿では、アイルランドにおける近年の外国人嫌悪を手がかりに、そのネガとしてのアイリーシュ自らの移民へのためらいの背景や異国での郷愁と他者化を探りたい。そして彼女の自立を範例として、移民者に対するアイルランド人の意識の再構想へと論を広げるつもりである。

1　アイルランドにおける外国人嫌悪

アイルランドは一九九五年から二〇〇八年にかけて、「ケルティック・タイガー」と呼ばれるほど経済的に繁栄し、その成長に魅了され、他国の労働者が殺到した。そのため二〇〇四年、市民権をめぐる国民投票を行い、他国からの移民を制限することにした。そこにはアイルランド人の外国人嫌悪が認められる。これまでの憲法では、アイルランドで生まれた子はアイルランド人で、その両親もアイルランドの市民権を持つことができた。その盲点をつき、出産間際の女性が観光で入国することもあった。アイルランドの市民権を得ることで、ＥＵ圏内を自由に往来することもできる。そのような事情に鑑み、国民投票により、親のどちらか一方がアイルランドの市民権を持っていなければ、アイルランドで生まれた子どもであっても市民権は得られないとした。これまでアイルランドは世界各地に多くの移民を送り出してきたが、自国の都合を優先し、他国の人々の入国に制限を加えることにしたのだ。

アイルランドの国民投票に否定的な声も多かった。トビーンもその一人で、あるインタヴューにおいて、アイルランドの強硬な政策を批難し、移民者たちを擁護する発言をしている。彼の念頭にあったのは、入国してきた「新カナダ人」に対するカナダ国民の寛容で大らかな姿勢であった。(1) それと対照的なのがアイルランドの頑迷な政策で、そこには外国人嫌悪すら感じられる。そのような流れからすれば、トビーンがアイルランドの現状を念頭に『ブルックリン』を創作したことは明らかである。

移民のテーマを再考するアイルランド現代小説は数多い (Ladrón (2013) 180) が、トビーンの視線にはむしろアイルランドに入国する外国人たちへの同情が感じ取れる。移民者たちも心の内で郷里への想いに憑かれていたはずで、トビーンはその人々に共感し『ブルックリン』を着想したと思われる。その問題をめぐっては、エリザベス・カリングフォードがトビーンに賛同して、以下のように論じている。『ブルックリン』の刊行の前年の二〇〇八年にアイルランドは金融危機に陥り、アイルランド人の他国への移民が始まっていたことを前提に書かれている。

> トビーンは［……］今日の現実を避けるために、この小説を過去に設定したのではなく、ケルティック・タイガーにわくアイルランドの外国人嫌いを類推で非難しようとしたのである。この時代の狂乱のエネルギー、金融腐敗、レイシズムの萌芽など、直接の問題として彼の関心を惹きつけなかった。五〇年代の移民を振り返る小説には、そしてアイルランド人の移民の新たな波が始まる前に書かれた小説には、驚くほどの先見の明があるように思われる。が、それは偶然であった。トビーンは二〇世紀の一人のアイルランド人移民の情動的な経験を呼び起こすことによって、何よりも新興成金の同時代人たちに向けて、彼らの親戚がかつて軽蔑されていたこと、あるいは他者という辛抱しがたい場所に留められていたことを想起させたのだ。これは今日のアイルランドにおいては、ポーランド人、ナイジェリア人、フィリピン人、中国人が占めている場所である。（Cullingford 81、傍点筆者）

トビーンは他国からのアイルランドへの移民者に同情しながら、逆説的にも、かつてのアイルランド人の移民者を描き、その人々の心情を顧みようとしたのである。事実、トビーンはこうした他国の人々が抱える不安や郷愁を、アイルランド人の経験を通して巧みに描いている。主人公のアイリーシュも貧しさのために、ブルックリンへ移り住み、郷愁を感じる。そうしたアイリーシュの心情と符丁するのが、クリスマス・イヴにブルックリンのフラッド神父の教会に集う、「行き場のないアイルランド人」[2]たちである。トンネル、橋、道路などの建設の労働に従事しながらも、もはやアイルランドに帰る手立てもなく、貧困の暮らしを送っている。故郷との音信は絶えて久しい。フラッド神父でさえ彼らの今の暮らしをつかめていない。トビーンはそのような下積みの暮らしを送るアイルランド人を遠景に配して、今日のアイルランドの外国人嫌悪を逆照射しようとしたとも思われる。

たとえば、アイリーシュと同じくアイルランド出身でありながら、下宿の娘たちはイタリア系の人々やユダヤ人を侮蔑している。下宿人の一人の娘はこう語っている。「わたくし、はるばるアメリカまでやってきたのは、天下の公道でイタリア語なんか聞くためじゃないの。あしからず。あのひとたちがかぶっているへんな帽子だって見るに堪えないわ」(58)。アイルランドの外国人嫌悪が、アメリカに住むアイルランド人に伝搬していることを示す事例である。階級意識においても変わらない。偏狭な郷里と同じく異国においても、娘たちは職種により社会的地位や力を評価している(McWilliams 178)。

実のところ、アイルランド人の外国人嫌悪は、最近始まったことではなく、歴史に深く根ざしている。アイルランドはイギリスの植民地であり、十九世紀には『パンチ』などの雑誌にアイルランド人の風刺画が掲載されていた。これはイギリスの策謀でもあった。アイルランド人は粗暴で野蛮なキャリバンや、フランケンシュタイン博士の創造したモンスターとして表象され、文明国のイギリスが支配しなければアイルランドは無秩序に陥ると考えられたのである。この力学を崩そうとしたのがアイルランドの民族主義の運動で、反英感情のみならず、外国人一般への嫌悪を煽ることになったのだ。ジェイムズ・ジョイスの『ユリシーズ』（一九二二）でも、ユダヤ人の血を受け継ぐとして、主人公が民族主義者から侮蔑されている。

にもかかわらず、時代は変貌していた。物語は第二次大戦も終わった一九五〇年代、正確に言えば、アイリーシュとトニーが一九五二年封切りの映画『雨に唄えば』を観ている (143) ことから推して、一九五一年から五三年のことである。経済的に最悪の状況下にあったアイルランドとは対照的に、アメリカは未曾有の繁栄を迎え始めていた。黒人の女性客を惹きよせる都合もあり、アイリーシュの働くデパートでも、その応対の役を移民者の彼女にゆだねる。経営者ミス・バルトッチもイタリア系であり、人種を超えたアメリカにおける商業主義の流れを察知したのである。ブルックリンにおいてさえも様々な人種が入り交じり、デパートの客も変化している。そのような社会においてミス・バルトッチは、黒人女性も大切な客であることを早くから予測し、国や人種で判断することを売り子たちに禁じ、アイリーシュにこう語っている。

ブルックリンは毎日変化しています［……］新しい人々がやってきます。ユダヤ人やアイルランド人やポーランド人、黒人さえやってきています。わたくしどもの古いお客様は続々とロングアイランド方面へ住み替えていかれますが、お店は移動できません。わたくしどもには毎週、新しいお客様が必要なのです。わたくしどもはどんなお客様も同じようにお迎えいたします。ご来店下さるお客様はどなたでも歓迎します。皆様、お使いになるお金をお持ちなのですから。(61–62)

人種にこだわらないアイリーシュのデパートでの仕事に対し、同じ下宿に住む娘たちは否定的である。黒人と接触すると汚染されるとまで言うが、ブルックリンの狭隘なアイルランド社会に閉じこもり、アイルランド人に対するイギリス人の偏見がアメリカでも広まっていたことさえ知らないらしい。そのような状況におけるアイリーシュの異人種への姿勢は際立っている。ブルックリンでの暮らしに慣れるにつれ、彼女も多様な人種の存在と出会うことになる。勤務先であるデパートの客だけでなく、いずれ通うことになる夜学においても、異なる人種と接する機会が多い。トビーンはアイリーシュの経験を描くことで、異人種に対する嫌悪の殻を破り、共存という融和策を内包しようとしたのだろう。その意味では、彼女の柔軟な人物像は、国際化の流れに即した、アイルランドの変貌と前進を説くための象徴とも思われる (Savu 259)。

2　移民へのためらいの背景

物語冒頭の描写からすると、アイリーシュは移民に対して受動的な人物と受け止められる。仕事に就けないアイリーシュのアメリカへの移民は、休暇でアメリカから帰国していたフラッド神父が提案し、姉ローズと母親が決断したことによる。ブルックリンには多数のアイルランド人がおり、自らの教区でフラッド神父が世話をしてくれるという。フラッド神父、姉ローズ、母親たちの相談を聞きながら、アイリーシュはほとんど沈黙を保ち、自分のことでありながら口を開くことはない。フラッド神父を目の前にしたときの彼女は、移民を夢みる姉ローズと対照的に、「医者に往診にきてもらった子供みたいな気分だった」(24) というように、決断力を欠いた無力な娘として描かれている。

事実、アイリーシュはアメリカへの移民を好まない。移民するのであれば、郷里に戻ることのできるイギリスを希望していた。しかし姉や母親の決定に口をはさむことはできず、移民の主体が自分ではない他者のことであってくれたらと願うだけである。

この町を出ずにこの部屋で寝て、この家に住んで、スーツケースに入っている服や靴には手をつけずに暮らせたらずっと幸せなのに、と思った。大騒ぎしておしゃべりして、支度はすっかり整ったけど、これ全部、誰かほかの人のための準備ならよかったのに。年頃も体格もわたしと同じで、容姿もそっくりな別人。わたしと同じように今こうやって考え事をしていて、毎朝このベッドで目覚めて、この町の見慣れた通りを歩いて、帰宅したら母親とローズがいる食堂兼居間に顔を出す人物――でもそれはわたしではない。その誰かさんが旅立ってくれたならどんなにいいだろう、と。(31)

姉や母親がアイリーシュの移民について彼女の意見を聞くこともない。彼女が家庭の余計者であるばかりではない。アイリーシュもその重みを意識する。アイリーシュの運命は、姉の将来の犠牲の基に計画されているからだ。アイリーシュもその重みを意識する。言葉にすることのない暗黙の了解である。「ローズは今三〇歳で、アイリ母親を一人住まいさせるわけにはいかない。年金の額が少ないためばかりでなく、子供たちが全員いなくなってしまえば寂しすぎるからだ。ローズが綿密に手はずを整えたアイリーシュのアメリカ行きは、ローズ自身が結婚できなくなることを意味する」(31-32)。アイリーシュの沈黙もこの厳然とした事実と無縁ではない。

その一方、アイリーシュに異国への憧れがないわけではない。アイルランドがかつてイギリスの植民地であったということから、アイリーシュはアメリカの放つ自由の国というイメージに魅了されてもいる(33)。アイルランドと比べ、アメリカは女性に仕事や自立を保証してくれていた (O'Carroll

68）。こうして彼女はリヴァプールに向かい、そこで働く兄と会い、別れを告げ旅立つ。一週間の旅であるが、その間の船酔いなどの苦労が滑稽に描かれている。シェイクスピアの『テンペスト』を連想させる。そして同室の年配の女性から、移民局のあるエリス島での対応についての助言も受け、「新世界」に到着する。

かくしてアイリーシュはアメリカに入国し、ブルックリンでの生活を始める。家族と交わす手紙の内容はほとんど状況だけである。その具体的な文面が転載されることはない。そのためアイリーシュの手紙も心の内を伝えることはない。姉ローズや母親が理解できない、厳しい気候のことなども記していない。そもそも姉は、知られたくない個人的な事柄についての手紙の場合、職場宛てにするように伝えている。ローズとアイリーシュとの間には、恋愛など、母親には知られたくないこともあるだろう。そのため手紙は心の内ではなく、単なる情報しか伝えていない。家族の心の底には「離散《ディアスポラ》」という、癒しがたい苦悩がある。アイリーシュも家族のそうした暗黙のトラウマを察知し、やはり郷愁を抱くこともある。ここにはアイルランドの歴史の重荷が揺曳している。

3 郷愁と他者化

そのためアイリーシュは、ブルックリンでの暮らしに溶け込み始めながらも、郷里からの手紙を読み、今の生活を非現実的であると感じる。そして郷愁に襲われた折には、自分の存在が幻影のようなものと意識することにもなる。郷愁は拠点の喪失感にも等しい。

彼女は毎日、何かと騒々しいこの家の、小さな部屋へ帰ってきては、その日に起きた新しいできごとを反芻した。もはや故郷に残してきた自分の部屋や、フライアリー通りの家や、そこで口にした食べ物や、着ていた服や、万事静かな暮らしを、ブルックリンでの新しい生活と較べることさえできなかった［……］彼女はここでは、誰でもない人間だ。友達や家族がいないだけではない。この部屋でも、職場へ向かって歩いているときも、売り場に立っているときも、彼女は幻のような存在である。意味あるものは何もない。フライアリー通りの家の部屋はわたしの物だった、とアイリーシュは考える。部屋に入れば確かに彼女はそこにいた。(69)

そのようなアイリーシュの郷愁を知ったフラッド神父は、彼女に夜学で簿記や会計を学ぶことを勧めた。そして一年がすぎ、前半の試験の合格通知が届いた。このときアイリーシュは、ブルックリンに抱かれたような喜びを感じる。ブルックリンが第二の故郷に思えてきたのだ。

美しい夕暮れだった。今日は下宿の夕食は断って、フラッド神父の住まいへ行き、成績通知を見てもらおうと思った。アイリーシュはミセス・キーホーに宛てたメモを残して家を出た。葉が茂った木々、通りを行く人々と、遊ぶ子供たち、建物に当たる西日――目に映るものがすべて美しい。ブルックリンでこんなふうに感じたことはかつてなかった。(162)

やがて恋人もでき、さらに一年近くがすぎようとしていたころ、アイリーシュに、姉死亡の知らせが届く。そして二年目の夜学も合格したようで、彼女はひと月の休暇をもらい郷里に帰ることにする。それでも帰国の直前、彼女は郷里との関わりを封印するかのようにトニーと結婚をする。そのような事情もあり、アメリカに移民した当初の郷愁も薄れ、帰国してみると心の拠点がアメリカにあることに気づき、最初は違和感を覚える。気持ちが和まず、帰る日を指折り数えることにもなった。

しかし日がめぐり、次第にブルックリンの方が幻想のように思えてきたらしい。その心の揺れは二重の人格を背負っているかのように認識されている。「アイリーシュは自分が二人いるような気がした。一人は、ブルックリンの厳しい冬を二度戦い抜き、苦労の日々を乗り切って、あの土地で恋に落ちた女。もう一人は母親の娘であるアイリーシュ、町のみんなが知っている、少なくともみんなが知っていると思い込んでいるアイリーシュであった」(226)。

それに加え、アイリーシュはこれまでとは異なる、人々の賛嘆の眼差しに驚く。彼女は姉ローズの職場の手伝いもし、いずれ採用したいとの提案さえ受ける。こうしてアイリーシュとブルックリンとの距離は拡がる。トニーへの返信も滞るようになる。彼女は郷土に溶け込み、その心地よさに満足し始める。その心の内がこう記されている。「ブルックリンをめぐるあらゆるものごとの影が薄れ、手応えのある存在感を失ってしまったように感じられた。アイリーシュは、わずか二、三週間前までは細部がみっしり詰まっていたそれらすべてを必死に取り戻すかのように、記憶の内部をさ迷った」(240)。

このようにアイリーシュの心の揺れをたどるなら、人と場所との結びつきが見えてくる。ブルックリンにいればその地が現実感を帯び、エニスコーシーに戻ればそこが現実である。移民するということは、二つの地で外国人になることである (Inan 103)。すなわち、移民者たちは二つの地に定着した経験を持つと同時に、二つの地で他者化されることにもなる。そうであるなら、アイルランド系アメリカ人というよりも、ハイフンのついた「アイルランド人 - アメリカ人」と呼ぶべきかもしれない。自らも移民を経験したことのある作者トビーンは、そうした人々の矛盾した心の内に関心があったのだろう。新天地での文化の影響を受け、「郷里」(home) という概念も変化することを知っていたはずである。

そんなアイリーシュの心の内を手がかりに、移民者に対するアイルランド人の近年の意識に目を向けたい。国際的経験の豊かなトビーンからすれば、アイルランド人は外国人を嫌悪する姿勢を改め、コスモポリタン的な多文化を包摂する、そんな視点に立つ必要があるということになる。アイリーシュの自立は、そうした「交雑した《ハイブリッド》」アイデンティティを受け入れるための範例である。

4　アイルランド人の意識の再構想

そんなことを念頭に入れて読むなら、エニスコーシーとブルックリンとの間をめぐる、アイリーシュの心の変化にも納得がいく。彼女はそれぞれをホームと受け止めながら、それぞれからの疎外を感じているのである。エニスコーシーが彼女になじみのある「私的な地域的で狭い空間」であったとすれば、ブルックリンは新しい価値観にあふれた「公的なコスモポリタンの開かれた空間」である。そしてそれぞれの空間には、独自の価値観があり、アイリーシュがその両者の「交錯する地点《インビトウィーンネス》」に立っていることは間違いない (Ladrón (2014) 181)。アイルランドが地方的であるとすれば、アメリカはリベラルなコスモポリタンの世界と思われる。

なるほどアイリーシュは、アイルランド人のフラッド神父の教区に属し、アイルランド人だけの下宿屋に住んでいるが、彼女はそれ以外の世界も経験する。郷里の教会や母親や近隣の人々の価値観と同じ状況がブルックリンにもある。アイリーシュは同じ縛りを受けている (Stoddard 154)。が、それでもアイルランドという私的な空間を侵食するアメリカの価値観がある。そうした世界を前に、アイリーシュの内面にも変化が生まれる。

アイリーシュは移民を嫌っていた。彼女の移民は姉ローズと母親の決定で、アイリーシュの判断は必要とされていない。そもそもアメリカへの移民は帰国の可能性がないことを意味していた。それでもアイリーシュは下宿のアイルランド出身の娘たちと違い、ブルックリンをアイルランドの衛星都市にすることはない。ブルックリンという地域に根をはるしかないからだ。また姉ローズが亡くなり、兄たちから郷里に戻り、姉の代わりに母親の世話をするべきだと知らされたとき、アイリーシュは帰郷を前に心が揺れる。さらにアイルランドに帰国することは、母親の世話をするに等しい。渡航前にトニーと秘密の結婚をするのは無意識裡にそれを回避しようとしたためであったかもしれない。ブルックリンはアイリーシュに多くのチャンスを与えてくれる、そんな思いも抱けるようになっていた。

姉ローズがアイリーシュをアメリカへ送る背景には、妹を思いやる気持ちがあることは述べた。自らは三〇歳で、結婚生活は望むべくもないが、妹の将来も不安にあふれている。そのため自分が母親と家を守るという犠牲を負うことで、妹の将来を切り開いてやることにしたのだろう。そのようなアイルランドの家族の様子を念頭に入れるなら、「母なるアイルランド」(Mother Ireland) も、「腹子を食らう雌豚」(Joyce 220) ということになる。生み出すというより、子どもに犠牲を強いるからである。

アイリーシュの移民との関わりで、フラッド神父の役割は大きい。彼女が郷愁に陥ったとき、彼は夜学に行くよう手配してくれる。彼女の気を紛らわせるためである。そのような親切な神父に、アイリーシュは讃嘆する。教会は慈善をかこちながら、信徒の道徳の監視も行っていたのだ。そして教会の教えと連動して、移民たちは母国に残した家族への義務も負っている。奇妙にも、カトリック教会は女性の移民について反対の立場にたっていた。その一方で、アイルランドの家庭では、娘を送り出し、その仕送りを期待していた。このあたりには、家庭の事情や個人の意思とカトリック教会との齟齬が認められる。だがアイリーシュはこの二つに逆らい、イタリア系の男性と交際し、あまつさえ結婚し、郷里に戻ることができなくなっている。アイリーシュは母親にトニーのことを隠し、母親も娘に郷里に留まってほしいとの願望を語らない。

ひるがえって、アイリーシュが受動的で、心の内を語らず沈黙しているのは、家庭やカトリック教会の圧力によるところが大きい。それに加え、アイルランドからアメリカへの移民は、郷里からの永久の別れにも等しい。その点をめぐっては、ホセ・カレガル＝ロメロが以下のように述べている。

アイリーシュの自己抑制と同じく関係があるのは、沈黙という家族の動力学である。これは父親の死や三人の兄の移民が要因である。エイブヒア・ウォルシーの分析によれば、こう考えられる。〈この小説の中心的な要素の一つは、レイシー家の抑圧されたまま口外されない感情的な生活にある。これは死や移民により枯渇したものである。そしてこの沈黙の習慣は、アイリーシュに受け継がれ、彼女の生活の最も重要な決定にとりついている。〉(Carregal-Romero 135)

こうしたアイリーシュのアイデンティティの揺らぎは、アイルランドへの入国者が抱える問題でもある。トビーンは、アイリーシュというアイルランドを表象する名前を冠した主人の心の揺れを通して、アイルランドの現状に問題提起をしているように思われる。今日のアイルランド人も、自国のかつての移民の歴史を振り返り、その外国人嫌悪の意識を再構想するべきなのではないか。経済が再び停滞した二〇〇八年以降、アイルランドからの世界各地への移民も増えている。アイルランドの市民権をめぐる国民投票に異を唱え、トビーンはコスモポリタンで多文化を包摂する必要性を描いたのだ。

アイリーシュがアイルランドの帰国の前にトニーと結婚していなければ、彼女は郷里で裕福な男性と結婚し、子どもの世話に追われる。逆にアメリカに戻ってからのトニーとの生活においても、やはり子育てに追われる。仕事と家事の両立は難しい。映画ではハピーエンディングとなっているが、アイリーシュの未来は曖昧である。しかしアメリカの方が自由である。それは物語の最後で、アイリーシュが笑みを浮かべていることにも明らかだ。「そんなことを考えながら、アイリーシュは、自分の顔に微笑みにも似たものが浮かぶのを感じた。彼女は目を閉じて、それ以上想像が広がらないようにした」(252)。これはヘンリー・ジェイムズの『ある婦人の肖像』(一八八一)の最終章のイザベルの自立を暗示していよう。

イザベルはアメリカから新しい文化を求めてヨーロッパにわたって来たが、財産目当てのオズモンドに籠絡され、結婚してしまう。彼女はその過ちに気づくが、物語の最後でその夫の元へと戻る。他国への越境者であることを自覚し、異文化と向き合おうと決断したのだろう。その意味ではアイリーシュも変わらない。トビーンはヘンリー・ジェイムズ伝『巨匠』(二〇〇四)を書いており、アイリーシュの決断にイザベルの決断を投影したと思われる。いずれも曖昧な結末でありながら、トビーンはアイリーシュの「微笑み」を描くことで、異文化での二人の女性の自立を示唆していると思われる。そこにはグローバル化している世界に鑑み、他国からの移民者を支持しようとするアイルランド人作家の温かさが感得される。

注

（1） Paul Mortonとのインタヴューを参照。

（2） Colm Tóibín, *Brooklyn*、八八頁。以降、この作品からの引用は頁数のみを記す。日本語訳はコルム・トビーン『ブルックリン』栩木伸明訳（東京：白水社、二〇一二年）を参照させていただいた。

引用文献

Carregal-Romero, José. "The Irish Female Migrant, Silence and Family Duty in Colm Tóibín." *Irlandaises* 43.2 (2018): 129–41.

Cullingford, Elizabeth. "American Dreams: Emigration or Exile in Contemporary Irish Fiction?" *Éire-Ireland* 48.3–4 (2014): 60—94.

Hagan, Edward A. "Colm Tóibín's 'As Though' Reality in *Mothers and Sons*, *Brooklyn*, and *The Empty Family*." *New Hiberno Review* 16.1 (2012): 31–47.

Inan, Dilek. "Colm Tóibín's *Brooklyn*: Caught between Home and Exile." *Philologist: Journal of Language and Cultural Studies*, V (2012): 96–104.

Joyce, James. *A Portrait of the Artist as a Young Man*. Penguin: London, 1992.

Ladrón, Marisol Morales. "Demystifying Stereotypes of the Irish Migrant Young Woman in Colm Tóibín's *Brooklyn*." *Revista Canaria de Estudios Ingleses* 68 (2014): 173–84.

——. "(M)Others from the Motherland in Edna O'Brien's *The Light of Evening* and Colm Tóibín's *Brooklyn*." *Studi Irlandesi: A Journal of Irish Studies* 3 (2013): 279–92.

McWilliams, Ellen. *Women and Exile in Contemporary Irish History*. New York: Palgrave, 2013.

O'Carroll, Íde B. *Models for Movers: Irish Women's Emigration to America*. Cork: Attic, 2015.

Raghinaru, Camelia. "Recessive Action in Colm Tóibín's *Brooklyn*." *Text Matters* 8.8 (2018): 43–54.

Savu, Laura Elena. "The Ties That Bind: A Portrait of the Irish Immigrant as a Young Woman in Colm Tóibín's *Brooklyn*." Papers on *Language and Literature* 49.3 (2013): 250–72.

Stoddard, Eve Walsh. "Home and Belonging among Irish Migrants: Transnational versus Placed Identities in *The Light of Evening* and *Blooklyn: A Novel*." *Éire-Ireland* 47.1–2 (2012): 147–71.

Tóibín, Colm. *Brooklyn: A Novel*. New York: Scribner, 2009.

——. "An Interview with Colm Tóibín." by Paul Morton. *Bookslut*. June 2009. 10 July 2019 <http://www.bookslut.com/features/2009_06_014545.php.html/>.

第4章 文化と文化の間に立つ
――ノヴァイオレット・ブラワヨの『あたらしい名前』を読む

大熊 昭信

ノヴァイオレット・ブラワヨの『あたらしい名前』(二〇一四)は、利発な少女ダーリンの、祖国ジンバブエでの日々とアメリカに移住後の生活を活写した小説である。祖国からの離反が人間のアイデンティティに与える影響についてのケース・スタディといっていい。なるほど、物語の前半は一〇歳のやんちゃ盛りの主人公が、ムガベ独裁政治の殺伐とした貧困の時代にガキ大将のバスターやゴットノーやチポーらの仲間と、暇をもてあまし飢えをはぐらかしながら、ときには白人の家に不法侵入までして逞しく遊び呆けている様が語られる。が、後半は一三歳になったダーリンがミシガンの叔母を頼ってアメリカに移住し、そこでの同化の苦闘が描かれているのだ。語り手はといえばダーリンそのひとで、身辺の出来事を逐一報告する独白となっている。だがその語りを操る「内包された著者」としてのブラワヨの目線はかならずしも同情的ではない。そこに一筋縄ではいかない多層的な含意が生まれ、総じて風刺的な寓意小説に仕上がっている。文字通り若い作家の処女作なのだが、若書きながらその風刺的な含意は興味深い。

1　伝統か同化か——語りの効果をめぐって

今しがたこの小説は主人公の独白であるといったが、じつはこの作品はダーリンの一人称の語りだけから出来上っているわけではない。なるほど全一八章のうち一五章はダーリンの語りなのだが、第五章、第一〇章、第一六章はそうではない。

第五章「いかにかれらはやってきたか」は、「かれら」つまり少数部族ンデベレ族のひとびとがいかにパラダイスという名のスラムを形成したかを説明する無名の人物の三人称の語りである。イアン・スミスの時代には白人に土地を奪われて居留地に追われ、さらに独立後のムガベの時代には多数派のショナ族に居留地の家をブルドーザーで破壊され、しかたなくスラムにやって来たというのである（79）。そうやってダーリンの独白を補う形で過酷な歴史的現実が、幻想的にだが、周到にも書き込まれている。語り手が無名の人物なのはダーリンもそこから生まれでた民族の集合意識

＝無意識を表わしているのだろう。

また「ごらん、彼らが群れをなして出ていくのを」(145) と語り始める第一〇章「いかに彼らは出て行ったか」は、陸続と海外移住する同胞のさまを預言的な調子で客観的視点から語っている。目的地はなにもアメリカばかりではない。ダーリンの父親やバスターの行き先であるお隣の南アフリカ共和国のヨハネスブルクや、ゴットノーが行くドバイもそうだ。むろん移住にはのっぴきならない経済的な事情がある。だがそのための代償として人は決定的に大事なものを喪失すると告げている。「母親と父親を残し［……］彼らを彼らにしているものすべてをあとに残して出ていく。［……］彼らはもはやおなじではいられない。なぜなら彼らを彼らにしているものすべてを置いてきてしまったら、もう彼ら自身ではなくなってしまう」(146)、と。迫害（少数民族ンデベレへの人種差別）や経済的理由（圧倒的貧困）で離散せざるを得ない。だがその代償はあまりにも大きいというのだ。そのために「彼ら自身でなくなってしまう」、つまり民族の集合意識＝無意識としてのアイデンティティを喪失するのだから。そしてダーリンがそのいい例だというのだ。

ミシガンに移ったダーリンは地元の中学、高校に通いながら黒人訛りを直そうとしたりしてアメリカに懸命に同化しようと奮闘する。アフリカでの古いアイデンティティを棄て、必死にアメリカでの新しいアイデンティティを獲得しようとする。だが結果として故郷の友人たちと疎遠になる。そして孤独と望郷の念にかられ「故郷のことを考え続け、恋しさに息もできない気がしている」

(284) とき、実家にスカイプでコンタクトをとると意外なことに幼友達のチポーが出る。チポーは祖父に強姦され妊娠し出産したという過酷な経験の持ち主だが、その不義の子を幼馴染の自分に因んでかダーリンと名付けている。そのチポーが実家にいることは自分の居場所をチポーが代替しているといった格好だ。そんなチポーにダーリンが友人の近況などを訊いた後、ＢＢＣ放送でみたジンバブエの財政難について触れると――これは西欧のムガベにたいする経済制裁だが――祖国を出て行ったひとにはそんなことをいう権利はないと痛烈に批判されるのだ。「ここがあなたの国なら、この国を愛してここに住まなきゃいけない。出ていったりするべきじゃない。何があろうと、この国のために戦わなきゃいけない。［……］生まれ育った言葉じゃないアクセントで。少しも似合わない言葉遣いで。ここがあなたの国だって」(286)、と。

もっとも、同化の苦渋の経験をするのはなにもダーリンばかりではない。叔母さんのパートナーの息子は兵役志願をしてアフガンに出征するのだが、それはひとえにアメリカ人としてのアイデンティティを確保せんがためである。あるいは市民権欲しさに肥満した白人女性と結婚する叔母さんの元カレもそうである。とはいえたいていの移民二世たちはそんな一世の苦労などになんの痛痒も感じないで祖国の伝統（それが象徴するアイデンティティ）をあっさりと捨てて同化している。それを嘆いているのが第一六章である。

第一六章「いかにかれらは生活してきたか」は老人施設に収容されている老女の愚痴からなって

いる。アメリカへの渡航の難しさ、入管の冷たさ、得られるのが観光ビザのために、祖国に帰ると再入国できないから帰国もままならない。しかも先祖の神には見放され、むしろ呪われ――奴隷として祖先を拉致した国になぜのこのこと赴くのかという批判が常にあるわけだ――そればかりか苦労して育てた子供たちはさっさと家を出て自分たち親の墓を守る気などさらさらない、とこぼすのである。伝統から見放されアイデンティティが曖昧になっていく悲嘆が語られる。移民の一世は父祖の地の文化を生きているが、二世は移民先の文化に同化していくという一般的な傾向が苦々しく語られている。

だが、移民一世の自己のアイデンティティを死守している姿が描かれていないわけではない。その典型がズールーである。このズールー族の男もまた老人施設にいるのだが、親類縁者のことを詳細に記憶しており、さらに部屋の壁には南ア独立の英雄マンデラらの肖像を飾り、エリザベス女王に植民地化にたいして抗議するなどと公言しているのだ(271)。それにときには民族衣装を着用し、部族の神を称え、自分の遺骨を故国に埋葬することを切望しており、頑として同化しないタイプといえる。もっとも、結局は全身に染料を塗りたくって通りでわめき散らすといった狂気に陥るのだが(270)、アフガン出兵で息子を死なせた叔母の同居人ガーナ人コジョー(280)と同様に、ホミ・ババのいう文化的精神分裂の症例といえる。伝統の保守／への回帰の苦渋もまた風刺的に扱われている。

伝統か同化かという問題はむろん移民の場合に限るわけではない。祖国ジンバブエでも事情は似たり寄ったりなのだ。そもそもジンバブエはショナ族にしろンデベレ族にしろアフリカ中央から移住してきた民族で先住民を圧迫した歴史がある。そこにセシル・ローズの帝国主義的な植民地政策によって両者の土地が簒奪され、白人の入植がはじまり、その白人支配のもとにキリスト教が同化の常套手段として強要され、結果として宗教の習合（文化融合）が生まれた。たとえばキリスト教の牧師は、「黙示の預言者ビッチントン・ムボロ」というふざけた名で登場している(32)。そこにすでに風刺的揶揄が窺えるが、その宗教たるや土俗的宗教とキリスト教の融合したものである。たとえば悪魔払いといって土俗宗教と対立するエピソードがあるが、なんとそれは姦通した女性のヒステリーを牧師が性器にふれることで静めるといったグロテスクなものである(43)。これこそまさに西欧（キリスト教）とジンバブエ（土俗宗教）の文化融合の一つの事例になっている。しかしその牧師の仕草からチポーが自分の強姦シーンを想起するきっかけなったと設定されていることからして、この牧師の体現する文化融合そのものがそもそも揶揄されていることは見易い。

なるほどキリスト教会の牧師が西欧の価値を表象している。これにたいして伝統的価値を表象しているのは土俗宗教の担い手として登場する呪術師である。ダーリンの母親は娘が渡米するとき、無事を願ってそうした土俗的な呪い師に祈祷を依頼している。キリスト教信者の祖母のように牧師でもなく、また近代的な呪い師でもないからして母親は、伝統的な文化に棹さすタイプを寓意していると思われる。その段でいえば、酒場の女主人のマザーラブは、伝統民謡の見事な歌い手であり、伝統文化の代表者であるが、その彼女がNGOの援助物資の配給を断固拒否する態度には土俗の西欧への拒否が窺えるだろう。

してみるとこの作品は伝統か近代かその融合か、そのいずれにアイデンティティを見出そうとしているのかにわかには断定できない。どの立場もひとしなみにからかわれ批判されている。それが風刺小説のスタイルであるといってしまえばそれまでだが、ぼくらとしては風刺によって作者はじつは西欧近代とも部族の伝統とも距離をおいたところに立っていると考えている。そしてその辺の事情をよりよく理解するには、この小説の手法やなによりもこの作品を活気づけている主人公の生きざまをあらためて思い出してみる必要がある。

2 『あたらしい名前』の大衆性

さて、この小説の最大の魅力はなんといってもどん底の生活を強いられながらもブラワヨの町を我がもの顔に闊歩する悪餓鬼のダーリンたちの底抜けの生命力である。すでにふれたが、ダーリンたちは、イアン・スミス時代での強制移住やムガベ時代のンデベレにたいする人種差別や天文学的インフレの結果、極貧のスラムに押し込められ、通学もままならぬままに家でぶらぶらしている。だが、慢性的な飢餓には我慢ならず、それをなんとかごまかすために、街路樹として植えてあるグアバの実を盗むという話から小説は始まる。その窃盗には、こざかしい倫理といったものを吹き飛ばす狡知な膂力が漲っている。印象的なエピソードが第一章末尾にある。空きッ腹にグアバをしこたま詰め込んだ悪童たちがこぞって帰る道すがら木立のなかに隠れて用を足す。グアバは食すると下痢症状を伴うらしいのだが、その排便の描写の直喩が揮っている。ブッシュ戦争（やムガベへの抵抗）で大人たちは命を掛けている、つまりそうやって苦闘の果てに国を誕生させようとしているのだが、そのようにも自分たちは貧困の末の悪食のために脱糞に悪戦苦闘しているというのだ(18)。排便を建国の苦労に譬えて、独立の苦しみは称えるべきだが、街路の果物を盗んで食べなければならない子供の空腹のつらさも建国の革命闘争と等価だという次第である。ここには政治を実生活の生理的レベルにまで引き下ろして考えている姿勢が窺える。それこそブラワヨの実生活に根をおく生臭いリアリズムの真骨頂というべきだろう。

それればかりではない。用を済ませたあとふと見上げると首吊りの死体が木にぶら下がっている。初めは恐怖にかられ逃げ出すが、その履いている新品の靴に気付くとそれを盗んで金に換え、垂涎の的であったローベル（アメリカの食肉業者の経営するパンのチエーン店）のパンを澄まし顔で買う(18)。ここでまずぼくらが感じるべきは、死者への冒涜という倫理的視点よりも、むしろ死者からも盗まざるを得ない貧困と飢餓のリアルだろう。そのうえでその現実を狡猾に貪欲に生きている子供たちの活力にむしろ喝采すべきなのだ。

最終章では、すでにふれたが、ダーリンは望郷の念止み難くチポーに電話したあと、慰められるどころかさんざんに難詰され滅入ってしまう。そのときふと、ローベルの車に犬のンクンクが轢かれた出来事を思い出すのだ(290)。この犬は同じ町の活動家で拷問によって殺されたボンフリーが政治運動に入ったために棄てられて野良犬になっていたらしい。ここにはローベル＝進出するアメリカ資本（つまりは新植民地主義）によって圧殺されるジンバブエの土俗的生＝ンクンクといった寓意が読み取れる。このローベルの香りは誘惑の匂いであるが、同時に危険な薫りでもある。それを暗示しているのがその香気にひきつけられて無残に轢殺された犬だが、その犬こそそれを想起するほかならぬダーリンそのひとの姿と重ねられている。みてのとおりダーリンはローベルの表象するアメリカ文化の誘惑に手もなく乗っていそいそと渡米した。結果としてアメリカに修学移住したものの、帰国もままならず、行く末はといえば、なんのことはない叔母さんのような看護婦の生活しか展望できないといった由々しき事態に直面している。小説はンクンクの運命こそダーリンのそれであると暗示している。字通りの死ではないとしても、自分の祖国を失うだけではなく、自分や自分の人となりを棄てるアイデンティティの死である。ンクンク＝ダーリンが表象しているのは、そうした無残なまでに悲劇的な植民地の宿命だ。

なるほどここらへんにこの作品の滑稽な風刺小説としての真骨頂があるといえる。だが、この小説の一等感動的な部分はといえば、小説の醍醐味というべき通俗小説的なセンチメンタルな大衆性である。たとえばチポー。チポーは祖父にレイプされて妊娠している。それを家族は見て見ぬ振りをしている。そこに伝統と独裁の重圧下にあるアンダークラスの悲惨な現実感がある。ところが、それを見かねたダーリンたちが、なんとかしようとして、お医者様ごっこなのだが、テレビ番組（『緊急救助』）を真似て、滑稽ながらとはいえ小便を飲ませるといった凄まじいこともやりながら堕胎のまねごとを試みるのである。ところが感動的なのは、いつからかひっそりと目撃していた酒場の女主人マザーラブ（母なる愛）がそうしたダーリンたちを思いあまって抱きしめるのである。これは一〇歳くらいだから幼女ではないのだが、そのいたいけな童心とそれをいとおしむ母性が見事に表現されて読者の胸を締め付けるところだ。ブラワヨの手腕の確かさを示す所だが、こうした点に作家が入れあげていることはこの第六章がタイトル・ピースになっていることからもわかる。

おセンチな感動的エピソードはこればかりではない。たとえばダーリンの父親といたずら坊主たちが繰り広げる第七章「しーッ」のエピソード。ダーリンの父親は大学出なのだが民族的差別などで就職がままならず出稼ぎに出ていた南アから、消息のないまま数年が過ぎたころ、エイズに罹って瀕死の体で帰ってくる。そんなダーリンの父親をバスターら悪童がどうしても会わせろと押しかける。そしてヨブの歌を父親の手をとりながら合唱する。話すこともままならぬ棒きれのような父親はなすがままだが、ダーリンは父親の目に不思議な輝きを見届ける(103)。エイズ患者にさながらおもちゃのように触れて遊戯をする子供たちと末後の大人の心の交感がまことに心打つシーンとなっている。

こうした小説の発揮するセンチメンタルな効果は大衆文学的といっていい。ゾラの『居酒屋』の翻訳者古賀照一が「あとがき」で引用している現代フランスの小説家アルマン・ラヌーはゾラの大衆性についてこう言っている。「ゾラはその真の意味での大衆性からいって、バルザック、ユゴー、ジョルジュ・サンド、ドストエフスキー、トルストイ、ディケンズに匹敵する大作家である」(七二九)。ディケンズなら『荒涼館』のけなげなジョー、ドストエフスキーなら貧しさゆえにさげすまれる父親をかばう少年のエピソードなどがすぐに想い浮かぶ。喜劇的風刺小説というべきブラワヨの物語の醍醐味もまた、こうしたディケンズやドストエフスキーやゾラなどに通じるすべての人間の基礎構造である大衆性にあるといえる。だが、ブラワヨはそうした大衆文学的要素を特異な文学的手法のなかに巧みに流し込んでいる。じつはそこにブラワヨの正統派的な文学的立ち位置がある。

3　「カメラの文学的相関物」としての『あたらしい名前』

『あたらしい名前』の第一章「ブタペスト襲撃」は、独立した短編として二〇一〇年に『ボストン・レヴュー』に発表され、ケイン賞を受賞している。ところがそれ以前にも短編「スナップショット」を書いている。超インフレの社会の底辺でもがき苦しんだ一四歳の少女の物語で、「ブタペスト襲撃」やその展開としての『あたらしい名前』を予告するものとなっている。だが、この文字通りの処女作で注目したいのはその手法である。

この短編は、クッツェー編の『二〇〇九年度アフリカ新人作家集』に収録され特別賞の共同受賞者に選ばれているが、そこで採用されているのが二人称の語りなのである。「おまえの母はおまえに二〇ドル与え、こういうのだ……」(343)といった調子だ。一般に二人称小説は読者に語りかける感じで、一人称小説以上に主人公と読者を同一化させる効果がある。だがこの作品では、主人公がつねに第三者にいまここの現場で目撃されている感じを読者に与える。じつは、どうやらこれこそブラワヨが意図したものらしい。というのもこの「スナップショット」の掲載にあたって作家の短い自己紹介があるが、そこでブラワヨは自分の手法をカメラ撮影に関係づけているのだ。「血塗られた祖国の哀切きわまりない歌に触発された私の展望は［小説を］カメラの文学的等価物をすることである」(342)、と。「スナップショット」の二人称現在の語りは、語り手が主人公に対して逐一おまえはこうする、ああするといって主人公の今ここを語っているわけで、まさにカメラのスナップショットといっていい〈今ここの現実感〉を物語に付与している。『あたらしい名前』にしてからが、一人称の語り手が現在形で語ることで、カメラ的に現在只今の生をそのまま直接的に捕えているといった感がある。通常の独白の与える内面の現実感とはあきらかに異なる効果である。

だがブラワヨのいうスナップショットはたんにスナップ写真とか速写といった意味ではない。映画用語で「ショット」とは「カメラがスタートしてから停止するまでの場面や対象を持続的に記録すること」(Beaver262) である。ブラワヨの作品は断片的ではなく一定の持続をもって作品の現在が活写されているからしてブラワヨのカメラの比喩はスナップショットというよりかむしろこのショットというべきものである。それに描かれているのは身辺的な現在ばかりではない。そこには同時代の歴史的出来事――ジンバブエへの中国資本の進出 (43)、オバマ大統領就任 (156)、マンデラへの言及 (228)、アフガン出兵 (258)、東日本大震災 (287)、ビン・ラーディン暗殺 (289) など――が周到にも書き込まれている。しかも語り手も、みてのとおりダーリンの一人ではない。

こうした小説技法の創始者はといえばドス・パソスが想起される。じっさい、その『アメリカ』三部作の第一部『北緯四二度線』は、有名な「カメラの目」や「ニューズリール」の手法によるものと、四人の登場人物のリアリズムによる語りの三つの部分からなっている。そうやってドス・パソスはトータルにアメリカを描いたわけである。なるほどブラワヨの『あたらしい名前』の構成はドス・パソスのように三つの部分が交互に挿入されているというわけではない。だが、それらが混合された形で援用されている。たとえば「カメラの目」は意識の流れの手法を用いたものであるが、これは第一〇章「いかに彼らは出て行ったか」での正体不明の語り手の預言的な語り口にそれが窺えるし、第一六章「かれらはいかに生活してきたか」の老人施設の老女の一人語りもそうだろう。だが、なによりもブラワヨの『あたらしい名前』での一人称や「スナップショット」の二人称の語りは物語の今ここを時間に沿って報告しているわけで、そうした意識の流れ的な効果を発揮している。むろんダーリンにはヴァージニア・ウルフのダロウェイ夫人のような大人の自意識などないのだが、つねに今ここを描いており、しかもそれが映画のショットのようにエピソードごとに連続しているからである。「ニューズリール」はといえばドクトローのいうように「ある時期の時代の有様を印象主義的に示すために、新聞の見出し、広告の標語、流行歌の一節、演説の抜粋などを適当な個所に挿入」(Doctorow ix) されたものである。これもまたすでにふれたが『あたらしい名前』には随所にうかがえる。そうやってブラワヨもまた独立後のジンバブエのアンダークラスの生の現実をトータルに描こうとしたのである。そのことでダーリンによって写し取られた現実も、預言者的な語りも、老人施設の老婆の語りも相対化する視点にブラワヨ自身は立つという仕掛けである。そのいずれにも寄り添いながらそのいずれにも与さない立場だ。それがブラワヨの採用した喜劇的な風刺小説のありようなのである。それが祖国ジンバブエを離れてアメリカに生きるブラワヨが見出した、祖国にもアメリカにもいずれにも帰属しないという、意志する主体の取るポジショニングなのである。

4 世界文学としての『あたらしい名前』——その風刺的多言語空間

なるほどブラワヨの文学的立場はその手法から窺い知ることができる。だが、それはブラワヨが駆使する作品の多彩な言語の振る舞いからも観察できる。『あたらしい名前』では、英語と英語の説明のないンデベレ語（たとえば頻出する単語“Kaka”）が併存している。そのことで作家は英語（西欧の文化）とンデベレ語（土俗の伝統的文化）の対立拮抗の現実を捕えているといえる。そのことはまたンデベレ語を知らない読者を他所者としてあらかじめ排除する意志をだまって表明していることになる。ンデベレ語話者の自己主張といっていい。だがそこには英語のンデベレ語化といった融合もまたある。たとえば同じ単語を繰り返すことであらたな意味を賦与することである。「それは本物の笑いじゃなかった」を“It wasn't a laughing-laughing laugh.”(92) と同一単語の反復で表現している。これは一種の黒人英語《エボーニクス》(222) だ。ダーリンは女友達マリナのナイジェリア英語について、それが話される映画では英語話者であっても字幕が必要だとからかっているが、マリナはそれを立派な黒人英語として恥じていない (222)。これも母語話者の自己主張である。

だが反対にダーリンのように英語に同化していく現象も書き込まれている。ダーリンは健気にもアメリカ文化に同化するためにアメリカ英語を必死になって学習している。その結果、若者英語、Eメール英語すら完全にマスターする。たとえば〈ゲー、ウェー〉を意味する若者英語“eww”(221)や、日本でも一般的になってきたが〈ご参考までに〉のFYI(220)や、〈彼、あいつと四分間も駄弁らなくちゃならなかったのよ、とメールにある〉の意味をEメール英語で“Hd 2 talk 2 him 4 a min, the text reads.”(275)などと表現している。その結果、すでにふれたようにダーリンの英語はチポーが指摘するように完全に米語化していくのである。挙句祖国の言語や宗教が理解できなくなるという状況に立ち至る。

『あたらしい名前』が描き出すのは、植民地主義や移民が形成したまことに混沌として雑多な言語空間の実体である。だが作家ブラワヨはといえば、それを統御している立場にある。英語とンデベレ語の間だけでなく、ジンバブエ英語やナイジェリア英語あるいはガーナ語やズールー語、さらには若者英語といった言語の間にたち、そのいずれにも理解を示しながら、そのいずれにも距離をとる地点に立っている。それこそがすでに述べた風刺小説家としてのブラワヨのありようである。その風刺はアイロニーの手法に窺えるが、それはこの作品では言葉が相反する意味を表現していることに端的に窺える。

早い話が、この小説の登場人物名には明らかにアイロニーが読み取れる。主人公にしてからがかならずしも愛されているわけではないのにダーリン、主人公たちの住む極貧のスラム街の名がパラダイス、拷問で死ぬ政治運動家は生まれながら自由という意味のボーンフリー、文化的精神分裂で精神に異常をきたすガーナ人コジョーにダーリンがつけた渾名がバスコ・ダ・ガマ、つまり文化的精神分裂を結果的に引き起こす西欧植民地主義形成への文字通り海路を開いた人物の一人の名がわざわざつけられているのだ (258)。あきらかに作者は自分の語る物語をアイロニーの手法を通して風刺的に見ている。それればかりではない。ブラワヨがみずからに付けたペンネームにしてからがそうである。NoViolet Bulawayo の姓のブラワヨとは自分の故郷の名であるが、ンデベレ語では〈虐殺の町〉という意味である。名のノヴァイオレットのノ (No) はンデベレ語で〈ちなんで〉という意味で〈母親の名前のヴァイオレットにちなんでつけている〉ということだ。だとするなら愛すべき母なる祖国と残酷な運命を課せられた祖国をブラワヨは二つながら背負うと密かに宣言しているとはいえまいか。さらにいえば、故郷の極貧と弾圧の醜悪極まりない現実には菫の可憐さや純粋さなどもってのほかだが、にもかかわらずそうした惨情を想起しつつ同時に子供たちやマザーラブらの示す菫のごとき可憐な優しい思いをも同時に喚起し、肯定しつつ、それらを二つながら突き放して見つめる行為〈創作〉を敢行するといった決意が読めてくる。そうした激しさの籠った、だが冷静な、突き放した視点こそが作者の到達した喜劇的風刺作家の立脚点なのである。さらには、夫が出稼ぎで不在ならば男と娘の傍らで不倫してあっけらかんとしている母親や、同じくダーリンの家庭教師先の旦那と叔母も不倫してなんの痛痒を示さないというふてぶてしい生活力とともに、アメリカの戦争に従軍せざるを得ない移民二世の不運をも一緒くたにしたうえで、そのリアルのすべてに深く共感しつつ批判的に寄り添っているのが、ブラワヨの風刺的リアリズムなのだ。

そうしたブラワヨの占める歴史的社会的政治的文学的な場所は、しかし、それほど定かではない。またブラワヨがそこからどこへいくのかはいよいよ予断をゆるさない。だがそれがジンバブエ文学とかアメリカ文学といった枠には収まりきらないことだけは確かだろう。ある意味、それこそ世界文学の空間であり、これからのブラワヨの歩みはそこへの道程であるはずである。ノーベル賞受賞後のどこかのインタヴューでイシグロは、日本人でもイギリス人でもなく、一人の作家として書くと語っている。つまり、それは一言でいえば特定文化から距離を置くことであり、つまりは文化と文化の間に立つことである。じつはそれこそまさにみずみずしい一巻の風刺小説を書ききったブラワヨの視座といえる。

参考文献

Beaver, Frank E. *Dictionary of Film Terms*. New York: McGram-Hill Book Company, 1983.
Bulawayo, NoViolet. *We Need New Names*. London: Vintage Books, 2014.（邦訳『あたらしい名前』谷崎由依訳、

早川書房、二〇一六。）
Bulawayo, NoViolet. “Hitting Budapest” *Boston Review* (Nov/Dec, 2010), pp. 43–47.
Bulawayo, NoViolet Mkha. “Snapshots” in *New Writing from Africa 2009*, Winning Stories Selected by J. M. Coetzee. Cape town: Johnson & Kingjames Books, 2009.
Doctorow, E.L. “Foreword” in John Dos Passos. *The 42nd Parallel*. Volume One of the U.S.A Trilogy. 1930, with Foreword by E.L. Doctorow, New York: Houghton Mifflin Company, 2000.
古賀照一「あとがき」エミール・ゾラ『居酒屋』一八七七、古賀照一訳、新潮社、二〇〇六、七二八―四〇頁。

第二部

アングロ・サクソン系作家が見た「他国」

第5章 ヴァージニア・ウルフ『オーランドー』におけるオリエント

――ファンタジーの陰に潜む作家の意図

奥山　礼子

1　はじめに

『オーランドー』（一九二八）は、ヴァージニア・ウルフと同性愛関係にあったヴィタ・サックヴィル＝ウェスト（Vita Sackville-West, 1892–1962）をモデルに描かれたファンタジー小説である。貴族の名家に生まれた主人公オーランドーが男性から女性に性を変えながら、エリザベス朝から現代に至る壮大な歴史を生きる姿が描かれる。一九二七年三月一八日の日記でウルフ自身がこの小説を「作家の休日」（*D* 177）と呼び、「真剣で詩的な実験小説の後では脱線が必要だと感じる」（*D* 131）と記しているように、この作品は彼女が何の束縛も受けずに、自由に独自の想像力を展開したファンタジー小説と言える。

この作品には出版当初から賛否両論の批評があった。ベネットは「インテリのおふざけ」と評し、J・C・スクワイアは「一時間御茶の間をとても楽しませるくだらない作品」と酷評する一方で、レベッカ・ウエストは「天賦の才のほとばしり」と絶賛している (Hussey 204)。一九九二年にサリー・ポッター (Sally Potter, 1949–) のシナリオで映画化され、その他、数多くの舞台で上演されてきたが、ウルフ研究においてはベイズンやリースカなど、この作品をあえて論じない批評家も多く (Hussey 204)、ある意味では研究対象としてあまり重要視されてこなかった作品とも言える。ヴィタとの関係からセクシュアリティの問題で取り上げられることはあるが、ファンタジーであるためか、ウルフの根幹的な思想や哲学を論じる際に中心的な存在になる作品ではなかった。

この作品がウルフの他の創作と異なる点は、登場する舞台の一つをオリエントに設定したことである。この初めての試みは作家にとって大きな冒険であったと思われるが、作品の最も奇異な展開であるオーランドーの性の転換やジプシーとの出会いなど、重要な出来事がオリエントで起こっていることを考えると、この地あるいはこの地に纏わる何かが作品をひも解くうえで重要な鍵を握っていることは間違いない。

ウルフ自身はこの作品に登場するトルコを二度訪れている。ハーマイオニー・リーによると、まず一九〇六年の秋、ウルフ二四歳の時に、兄トービーと弟エイドリアンの一行と、姉ヴァネッサ、友人のヴァイオレット・ディキンソンとウルフの一行の二手に分かれて英国を出発し、オリンピアで合流してギリシアの各地を回り、最後にコンスタンティノープルまで足を延ばした (Lee 227–28)。しかしこの旅は、のちにこの一家にトービーの死という大きな不幸をもたらすことになる。トービーは皆がコンスタンティノープルに行く前にロンドンに戻ったが、帰国後腸チフスのため二六歳という若さで夭逝する。ウルフの伝記を著したベルによると、最愛の兄トービーの死はウルフに大きな喪失感と打撃を与えたという (Bell 178)。一九二二年に出版された『ジェイコブの部屋』はこの兄の人生の探求であったと言われるが、この作品においてもオーランドーの行動を明らかにしようとする伝記作家の姿に、『ジェイコブの部屋』で生前の兄の姿を追い求めたウルフの素振りが感じられる。

この旅で初めてイスラム文化に触れたウルフは、コンスタンティノープルの聖ソフィア大聖堂での夕方の礼拝について、「決して私たちが理解できないシーン」だと記していることから、彼女がイスラム文化への入り口を全く見出せなかったことが指摘されている (Lee 229)。ウルフにとって、イスラム文化は彼女の理解を拒絶するような全く異質な文化で、それを実際に体験したことで、この地では「『タイムズ』紙は威厳のある重要性を失っている」(Lee 226) と述べているように、自国にいるときの価値観が絶対的なものでないことを痛感している。

二度目のトルコ訪問は、一九一一年に姉のヴァネッサが夫クライヴ・ベルと美術評論家のロジャー・フライと共にトルコを旅行しているときに体調を崩し、姉たちが滞在していたブルサに駆けつ

けたときである (Bell 168)。このブルサは、オーランドーが生活を共にしたジプシーが留まっていた場所として作品に登場し、そこに描かれるブルサの自然や景色はウルフが実際に眼にしたものに基づいていると考えられる。

このようなウルフの体験も踏まえながら、本論ではこの作品のオリエントに焦点を当てたいと思う。なぜオーランドーの性転換はオリエント（トルコ）で起こったのか、そして、そこで出会ったジプシーの思想や価値観がオーランドーにどのような影響を与えたのかという問題を中心に取り上げながら、ファンタジーという名目の背後に潜むウルフの真の意図を探り、『オーランドー』という作品の読みの可能性を探求したいと思う。

2　コンスタンティノープルで女性となるオーランドー

物語は、魅力的な少年に成長したオーランドーがエリザベス一世に寵愛されるエリザベス朝に始まる。その後チャールズ二世の治世に、彼は特任大使としてトルコのコンスタンティノープルに派遣され、そこで大使として儀礼に則った毎日を過ごすようになる。その一方、「骨の髄から英国人である自分」が、トルコの「野生犬を故郷のエルクハウンドよりも好き」になり、トルコの「街頭の酸っぱい強烈な匂いを夢中になって吸い込む」ことに驚くのだった。[1] このように、オーランドーは自らを生粋の英国人と認めながらも、英国とは全く異質のトルコに惹きつけられていく。そしてトルコを好きになった理由を、自分の肌の色はやや浅黒いし、「祖先の一人がチェルケス人[2]の農婦と交わったのかもしれない」(112) と、オリエントとの血の繋がりを想像する。

このような登場人物のオリエントとの繋がりについての言及は、他の作品でも見受けられる。『ダロウェイ夫人』（一九二五）のダロウェイ家の一人娘エリザベスには、「東洋的な身のこなしと不可解な神秘」(*MD* 144) や「中国人のような、東洋的」(*MD* 148) な眼という表現が用いられ、さらに、彼女がそのような「東洋的な神秘さ」を持つのは、数百年前にノーフォークに難破したモンゴル人とダロウェイ家の婦人たちが交わったからではないか (*MD* 134) とも述べられる。また、『灯台へ』（一九二七）のリリー・ブリスコウにおいても「中国人のような眼」(*TL* 31, 243) という同様の表現が用いられている。両者に共通するものは、次の世代を担い、未来への希望を託せるような人物、人生において何らかの可能性を感じさせる新しい女性だということである。つまりこのような人物に東洋的な属性を付加していることは、ウルフがオリエントを何らかの可能性を秘める、英国とは全く異なる未知の空間として、ある種の「ロマンティックな感覚」(Nadel 74) をもって捉えていたことがわかる。

そのオリエントの地コンスタンティノープルで、オーランドーは七日間の昏睡のあと、女性として目覚める。この事実に対し筆を置こうとする伝記作家に、「真実、率直、正直」の神々がトランペットを鳴らしながら真実を要求する (123)。そこに登場した「純潔、貞節、謙虚」を表す三人の姉妹が真実を隠すように要求するが、神々が吹き鳴らすトランペットに追い払われ (123–25)、「ここには私たちの居る場所はない」(126) という言葉を残して立ち去る。

この「純潔、貞節、謙虚」とは、当時、英国において伝統的にステレオタイプ化された女性の特性とみなされたものである。しかしながらオーランドーが男性から女性に性を転換したことで、もはやここでは英国におけるような性の区分が崩壊していることがわかる。したがって、このオリエントの地には、この三人の姉妹たちは自分たちの居場所を見つけられず、彼女たちは自分たちを愛し、崇める人びとのもとに行こうとする (125)。それは、「隠れ場や私室、事務所や法廷」(126)、つまり家父長制の閉塞的な家庭や、男性中心の空間である職場や法廷であり、全て男性を女性より優位に位置づけようとする場と考えられる。さらにそれを担う者として、男性中心の職業である「実業家、弁護士や医者たち」(126) が挙げられる。彼らは女性に対し、「禁止し」、「否定し」、ときには「理由もわからず崇め、わかってもいないのに褒めたたえる」のである (126)。このような英国社会において、この三人の姉妹たちが表象する「純潔、貞節、謙虚」という女性の属性が、男性たちに「富、繁栄、慰安、安楽」をもたらせたと述べられる (126)。というのも、これらの属性は、女性になったオーランドーがのちに感じるように (143)、男性が有利になるために、男性が勝手に女性に押し付けたものだからである。これらは、戦争を未然に防ぐにはどうしたらよいかという問題を論じた評論『三ギニー』(*Three Guineas*, 1938) で語られる「パブリック・スクールや大学で教育された兄弟」つまり「教育のある男性の息子たち」(3G 70) を連想させる。彼らは「曽祖父、祖父、父、叔父」と脈々と続く男性社会の伝統を持ち、「説教をしたり、教えたり、裁判をしたり、開業医になったり、商業取引をしたり、金儲けをしたり」し、「主教」「判事」、「海軍提督」、「将軍」「大学教授」「医者」という職業を支配した (3G 70–71)。これが、ウルフが捉えた、男女がはっきりと区分され、階層化された男性中心の英国社会の姿だった。つまり、純潔、貞節、謙虚を愛する者たちとは、英国という国において男性中心の伝統の中で確実に育まれてきた家父長制社会を担う、あるいは支える者たちと言える。そしてウルフはこのような男性たちが英国を戦争に導くと『三ギニー』で述べるのである。

この場から純潔、貞節、謙虚の姉妹たちが退散せざるを得なかったということは、オリエントの地が英国社会の価値観が通用しない場、男性中心の伝統の中で脈々と育まれてきた、英国社会を支配する男性中心の抑圧的思想が入り込めない空間であること示している。つまりオリエントの地であるコンスタンティノープルは、英国の男性中心社会の中でも貴族という頂点にいたオーランドーに、男性という権威を捨てさせ、女性になるために敢えて設定された場だったと言える。逆に言えば、英国という男性中心社会の階層化した思想から脱却した、英国的な価値観が及ばない場所であるオリエントの都市コンスタンティノープルだからこそ、オーランドーは性を転換することが可能だったと考えられる。また、一般的にイスラム圏のコンスタンティノープルも一夫多妻の男性中心主義の文化と考えられるが、イスラム文化は前に示したようにウルフの眼には全く未知の異質な文化として認識されていた。したがってトルコと英国の絶対的な文化的異質性ゆえに、既知の英国から全く未知の文化圏への移動が、現実では決して起こりえない性の転換という奇想天外な筋書きをウルフに着想させたとも推測できるのである。

3　ジプシーからの思想的影響

その後オーランドーはコンスタンティノープルを去り、ジプシーの老人ラスタムの導きで一週間騾馬を走らせ、ブルサのジプシーの一族に入る。オーランドーの「黒い髪と浅黒い肌」は、「彼女が生まれながらのジプシーで、赤ん坊の時に英国貴族にさらわれ、人びとが家で暮らす野蛮な国に、連れ去られたと信じさせるもの」(130) であり、ジプシーたちは彼女を仲間として受け入れ、一族の一人と結婚させようとまで考えていた。このようなオーランドーとジプシーの曖昧に表現される親密な関係は、オーランドーのモデルとなったヴィタ・サックヴィル＝ウェストとジプシーの関係に基づいている。ヴィタの母ヴィクトリアは外交官だった父ライオネル (Lionel Sackville-West, 1827–1908) とスペイン人のジプシーの踊り子ジョゼファ・デュラン (Josefa Duran, 1830–71)、通称ペピータ、の五人の非嫡子の長女としてパリに生まれる (Glendinning 2)。したがってヴィタにはジプシーの血が流れており、彼女はのちにこのジプシーの祖母についての小説『ペピータ』(*Pepita*, 1937) を執筆する。ナーデルは、ヴィタが自らの血脈でもあるジプシーに特別な愛情を寄せていたこと、そして、それをウルフも共有し、『オーランドー』に表現したことを指摘している (Nadel 76)。このことからも、この作品に描かれるオリエントのジプシーは非常に重要な存在であることがわかる。

オーランドーがコンスタンティノープルで七日間の昏睡に入る前に、彼に何があったのかは不明とされたが、「明らかに農婦階級の女」がロープで彼の部屋のバルコニーに引き上げられ、二人が「恋人のように」抱擁している姿が目撃されていた (121)。そして眠り続ける彼の部屋のテーブルには、さまざまな書類に混ざってオーランドーとジプシーの踊り子ロジーナ・ペピータ (Rosina Pepita) の署名のある婚姻証書が残されていた (122)。さらに英国に戻ったオーランドーにつき付けられた訴訟の中に「ロジーナとの間に三人の息子がいた」(153) ことが記されていた。これらは明らかに、五人の子どもを生したライオネルとジョゼファ・デュラン（ペピータ）を念頭に置いたものであると思われる。このような非常に曖昧で断片的な描写から、ウルフはオーランドーの中にヴィタだけではなく祖父のライオネルをも投影させ、エリザベス朝からの歴史の中を生き続けたオーランドーに、ジプシーとの関係を多角的に強調しようとしていたことが窺われる。

オーランドーはジプシーと暮らす中で、英国人としての自分自身とジプシーたちの価値観の差異を痛烈に感じるようになる。例えば、「ジプシーたちがイングランドについて訊ねたとき」、彼女は「自分の生家には寝室が三六五室」あり、「家族は四百年か五百年もの間、その館を所有し」、「先祖は伯爵や公爵」であったと誇らしく話すが、それに対するジプシーたちの反応は非常に冷淡なものだった (135)。というのもジプシーたちの「家系は少なくとも二千年か三千年は遡り」、彼らにとって「何百もの寝室を所有すること」は「低俗な野心」であり、公爵とは「不当利益者か泥棒」に過ぎないからだった (135–36)。つまりオーランドーが価値を置く館の部屋数や歴史のある古い家系、爵位などは、「所有という言葉を持たない」(Bercovici 13) ジプシーたちにとって何の価値もないばかりか、彼らが恐れる「自由の喪失」(Bercovici 27) にも繋がる負の要因でしかなかった。ラスダムの言う「全世界は自分たちのもの (the whole earth is ours)」(136) という何ものにも束縛されない、自由で壮大なジプシーの思想からもわかるように、ジプシーたちにとって、オーランドーが英国人として刷り込まれていた「所有」という概念は、「低俗」極まりないものだったと考えられる。彼女はジプシーの価値観の洗礼を受けたあとで、今まで誇りに思っていた先祖が、「卑しい成り上がり者、山師、成金」(136) の類なのではないかと感じるようになる。

オーランドーはそれまでの人生で重きを置いてきたものが、ジプシーにとっては何の価値もないことだとはっきりと悟る。そして自分とは全く異なるジプシーたちの価値観を知ることによって、生まれたときから持っていた英国貴族としての価値観、広義では英国貴族としてのアイデンティティが揺らぐのを感じる。のちに彼女が英国に戻ってから先祖の墓所を訪れた際に、以前ほど「その神聖さ」を感じられなかったことからも（158–59）、ジプシーの考えが彼女の価値観に大きな影響を与えたことが推測できる。そしてこれは、オリエントの地にありながらもどこの国にも属さないジプシーの存在によって、英国の定住文化が相対化され、オーランドーの中でその重みが失われたことを示している。

4　オーランドーのセクシュアリティ――ウルフの両性具有論をめぐって

オーランドーはジプシーたちの間ではトルコ風のズボンをはいていたため、女性であることを意識しなかった。「ジプシーの女性たちは一つか二つの重要な点を別にすれば、ほとんどジプシーの男たちと違わなかった」（140）のである。オーランドーは生物学的には女性になったが、トルコではこのような衣服により自らの性を意識することなく、ジプシーたちと暮らしていた。これは一九二〇年代に英国においてジプシー風のファッションが流行ったことと関係していると思われる。特に上流階級ではこれを着用して肖像画を描かせたり、写真に撮ったりすることが流行り (Blair 144)、おそらくヴィタもこのような性を識別できないジプシー風の衣服を着用していたことが想像できる。

しかし英国に戻ったオーランドーは、英国女性の服装を身につけ、英国女性として振舞う。彼女は自分が男性だったころ、「女は従順で、貞節で、香しく、洗練された身なりをすべきだと主張していたことを思い出す」(143) が、それらは男性が自分たちに都合よく創り上げ、女性に押し付けていた属性であったこと、また、男性は女性が自分を笑いものにしないように「教育を受けさせない」(144) ようにしたことなどを悟る。特に、ここに示されている英国社会における女性教育の軽視については、のちに『三ギニー』で述べられた、有産階級の二つの主要な特徴である「資本と環境」に関して、その兄弟とは大きな格差を有する「教育のある男性の娘」(3G 166) の視点の萌芽が窺える。(3)

オーランドーはこのように女性の視点を得て、男性を批難しながらも男性の視点をなおも持ち続け、意識の上では「男であり、女であり、それぞれの秘密を知り、それぞれの欠点を分かち合っていた」(145)。そしてこの状態について「彼女の内部に男と女が混じり合」(172) っていると述べられていることから、ここに『自分だけの部屋』(*A Room of One's Own*, 1929) で論じられた両性具有

(androgyny) 論を読み取るマーダー (Marder 110–16) のような批評家も非常に多く、ウルフ研究でもこれが定説とされてきた。

この『自分だけの部屋』は、一九二八年一〇月に行われたケンブリッジ大学ニューナム・コレッジでの講演をもとにして、一九二九年に出版された評論である。『オーランドー』は一九二八年三月にすでに完成しているため、ウルフがこのファンタジーで羽ばたかせた世界観から『自分だけの部屋』の両性具有論を構築したと考えられる。この『自分だけの部屋』において、ウルフはコールリッジの「偉大な精神は両性具有である」という言葉を取り上げ、「正常な安らかな状態は、男性と女性の二つの力が精神的に協力し合いながら、調和を保って共存している時」であり、「精神が十分に豊かになり、その全機能を発揮する時なのだ」と述べる (*ROO* 147–48)。そして、「両性具有の精神は、良く共鳴し、良く染み通り（多孔的であり）、感情を何の支障もなく伝え、本来創造的で、（才能が）光り輝き、分裂しない」(*ROO* 148) ものであり、創造という技が達成されるには、精神においてこれが必要なのだと加える (*ROO* 157)。

しかしながら本来、生物学における両性具有とは、「雌雄両性の生殖器官を同一個体上に形成すること」（八木　六一三）を意味する。これは、T・S・エリオットがオウィディウスのティーレシアスをあえて「男と女の二つの世界に生きている／萎びた女の乳房のある老人」(Eliot 68) と表現したことからも明らかである。オーランドーにおいてそれは、「彼の姿は男の強さと女の優美さを併せ持っていた」(126)とだけ述べられ、明確に肉体における両性具有の特徴は示されていない。その一方で、先に挙げたように、オーランドーにおいて「二つの性が混じり合い」(172)、それにより彼女は「二つの性が味わう愛を等分に楽しんだ」(200)と述べられる。これは、ウルフとヴィタがそうであったように、バイセクシュアルの快楽を暗に意味していると考えられる。つまりオーランドーは肉体的には女性の身体に変身を遂げたが、精神においては男女両性の精神を有する、性的にはバイセクシュアルになったのであり、これは厳密に言えば、本来の両性具有の範疇には入らない。しかしウルフがこの作品にヴィタの豊かな創造性とバイセクシュアルな要素を描き込もうとしたときに、この変身物語というファンタジーを通して精神的両性具有を示すことこそが、最も優美にヴィタのセクシュアリティを表現できるように思われたのではないだろうか。

ウルフの両性具有論の解釈ついてはこれまでも多くの議論がなされ、さまざまな反論もあるが、彼女の解釈の最大の特徴は、両性具有という生物の同一個体において両性の生殖器官を有することを示す用語を、コールリッジの言葉を借りながら、人間の精神に適用したという点である。ものを創造する際に「両性具有の精神」が必要だということは、女性と男性の両方の視点を持ち、二つの性に区分されない、あるいは性の枠組みを相対化した、ある意味ではニュートラルな視点を有することが創造において必要だということを意味するウルフ独特の表現と言える。そう考えると、オーランドーは、肉体においては男性から女性になったが、その精神は二つの性が入り混じり、調和を保っている、つまりウルフが主張する創造に最も適した状態になったと考えられるのである。

5　「樫の木」の完成とオーランドーの出産

やがてオーランドーは、ヴィクトリア朝の時代精神に屈服し (220)、郷士マーマデューク・ボンスロップ・シェルマーダイン (Marmaduke Bonthrop Shelmerdine) と結婚する (235)。ヴィタもオーランドーと同様に夫をマーと呼んでいたことからも明らかなように、シェルマーダインはヴィタの夫のハロルド・ニコルソンをモデルとしている。シェルマーダインはヘブリディーズに城を所有する軍人で船乗り、そして東洋を探検していたことから (226)、先に挙げたリリー・ブリスコウやエリザベス・ダロウェイのように東洋のイメージを持ち、未来の可能性を感じさせる人物に設定されている。

しかし、「『あなたは女なのね、シェル！』と彼女が叫ぶと、『君は男なんだね、オーランドー！』と彼は叫ぶ」(227) とあるように、この二人においてそれぞれの性の同定は非常に曖昧であり、その意味では、この結婚は性を超越した者同士の結合であるかのように描かれる。そしてついに、オーランドーは三百年以上に渡って創作し続けた詩「樫の木 ('The Oak Tree')」を出版し、この詩は七版を重ね、賞も受賞することになる(280)。作品の随所に描かれるオーランドーのこの詩への執着の理由については、ヴィタが育ったノール・ハウスが樫の木にちなんだ地名セヴノークス(Sevenoaks)にあったことが考えられるが、樫の木と密接な関係を持つと言われる古代ケルトのドルイド教(グリーン 一八、二五八)との繋がりも看過できない。ウルフはオーランドーにこの詩を書かせることで、何千年も前から続くジプシーの思想とともに、キリスト教とは異なる異教の世界観にオーランドーを合流させようとしたとも考えられるのである。

その後一九二八年三月二〇日に、オーランドーは男子を出産する(266)。ペンギン版の注において、この日付はウルフが作品を完成させた三月一七日に近いことが指摘されている(*P* 262)。この日付の符合から、ウルフは本の創作と出産を同義として捉えていることが推測できる。作品においても時差はあるものの、「樫の木」の完成とオーランドーの出産は明らかに連動している。つまりウルフの両性具有論における女性と男性の精神の融合が熟し、「樫の木」が完成したとすれば、オーランドーの出産は、このような精神における両性具有による創造の結実を暗に物語っていると解釈できる。

この詩によって名声を手にしたオーランドーは、たくましく成長した樫の木の根元にこの詩を「貢ぎ物」として埋め、「大地が私に与えてくれたものを大地に返」そうとする(291)。この言葉は、「樫の木」の一部として作品に登場する実際のヴィタの詩『大地』(一九二六)(238)との関係を示唆している。つまりこの作品をメタフィクションとして読むと（伊藤　一三）、「樫の木」の完成は作品自体の完成と連動し、オーランドーが「樫の木」を大地に返そうとしたように、ヴィタから得たものを作品としてヴィタに返そう（捧げよう）とする作家の想いがここに感じられるのである。

6　結び

最終場面において、エリザベス朝から一九二八年までの時間と空間がオーランドーの意識の中で一つに融合する。そして、かつての自分の土地を見ているオーランドーは、「トルコのむき出しの山々」をその風景に重ねて思い描き、そこに「お前の一族の古さやお前の民族や財産はこれと比べたら何だというのか。四百もの寝室とか、全ての皿にかぶせる銀の蓋や塵を払う女中たちなど、何の必要があるのか」(293) というジプシーのラスタムの言葉が蘇る。これは、このトルコの風景とジプシーの価値観が、三百年以上もの間オーランドーの心に残り続け、彼女の心に大きな影響を与えていたことを明らかに物語っている。

また、『三ギニー』における「実際のところ、女性として私には祖国がない。女性として私は祖国が欲しくはない。女性として全世界が私の祖国なのだ」(3G 125) という言葉は、ラスタムが言う

「全世界は自分たちのもの」(136) に繋がるものである。『三ギニー』で描かれる英国社会のアウトサイダーとしての女性のこの叫びは、明らかにこの作品に描かれる国を持たないジプシーの思想に通底するものであり、男性中心の英国社会への批難の言葉でもある。『荒地』でエリオットが、男から女に、そしてまた男に戻るティーレシアスを注釈で強調しているのに対し (Eliot 78)、ウルフがオーランドーを女性に留めたのは、ヴィタが女性であったことがその最大の理由だが、それに加えて、ウルフはのちの『三ギニー』におけるフェミニズム論の展開を念頭に置いていたのではないだろうか。

この作品には、オーランドーが性を変えたことを発端として、『自分だけの部屋』で論じられるウルフ流の精神における両性具有の考えと、『三ギニー』での英国の家父長制社会への批難、そしてアウトサイダー思想の萌芽が窺われる。このように考えると、『オーランドー』という作品は一見ヴィタをモデルとしたファンタジー小説の形を取りながら、実はその背後で、ウルフという作家が創作、社会、文化、セクシュアリティについての自らの壮大な考えを思う存分展開した作品だと言える。そしてそれをウルフが表現するとき、英国社会の思想的磁場から遠く離れ、不可能を可能にするような神秘的なロマンに溢れた、未知のオリエントの地、さらにオリエントにいながらも所有の概念や国家を持たず、何ものにも束縛されない自由なジプシーの存在は、必要不可欠なものだったと考えられる。

注

（1）Woolf. *Orlando* 111–12. 以後、この作品からの引用は頁数のみを記載する。なお引用の翻訳にあたっては、川本静子訳『オーランドー　ある伝記』（みすず書房、二〇〇〇年）を参考にさせていただいた。

（2）コーカサス北部地方にいたチェルケス語を母語とする民族。ロシア帝国の侵略により、その多くが故郷を追われた。チェルケス人女性は、筋肉質で高身長の美形が多いと言われている。

（3）「教育のある男性の娘」については、拙論「『三ギニー』の「教育のある男性の娘」を解き明かす――兄と妹の物理的および心理的関係から」を参考にされたい。

引用文献

Bell, Quentin. *Virginia Woolf: A Biography*. vol. I. 1972. Hogarth, 1973.

Bercovici, Konrad. *The Story of the Gypsies*. 1928. Jonathan Cape, 1929.

Blair, Kirstie. "Gypsies and Lesbian Desire: Vita Sackville-West, Violet Trefusis, and Virginia Woolf," *Twentieth Century Literature*, vol. 50, no. 2, 2004, pp. 141–66. JSTOR, www.jstor.org/stable/4149276.

Eliot, T. S. *The Complete Poems and Plays of T. S. Eliot*. 1969. Faber and Faber, 1978.　翻訳にあたっては、西脇順三郎、上田保訳『世界詩人全集16　エリオット詩集』（新潮社、一九七八年）を参考にした。

Glendinning, Victoria. *Vita: The Life of Vita Sackille-West*. 1983. Penguin, 1984.

Hussey, Mark. *Virginia Woolf A to Z*. Facts On File, Inc., 1995.

Lee, Hermione. *Virginia Woolf*. 1996. Vintage, 1997.

Marder, Herbert. *Feminism & Art: A Study of Virginia Woolf*. U of Chicago P, 1968.

Nadel, Ira. "Oriental Woolf," *Affirmations: of the modern* 4.1, Autumn 2016, pp. 65–91.

Woolf, Virginia. *The Diary of Virginia Woolf: Volume III 1925–1930*. Edited by Anne Olivier Bell. Hogarth, 1980.（本文では *D* と記す）

——. *Mrs. Dalloway*. 1925. Penguin, 2000.（本文では *MD* と記す）

——. *Orlando, A Biography*. 1928. Hogarth, 1970.

——. *Orlando, A Biography*. 1928. Penguin Classics, 2019.（本文では *P* と記す）

——. *A Room of One's Own*. 1929. Hogarth, 1978.（本文では *ROO* と記す）

——. *Three Guineas*. 1938. Hogarth, 1986.（本文では *3G* と記す）

——. *To the Lighthouse*. 1927. Hogarth, 1977.（本文では *TL* と記す）

伊東保「大きなオークの木の下で——ヴィタ・サックヴィル・ウェストとオーランドー」広島大学総合科学紀要、V、『言語文化研究』一七巻、一九九二年、一一—二五頁。

奥山礼子「『三ギニー』の「教育のある男性の娘」を解き明かす——兄と妹の物理的および心理的関係から」東洋英和女学院大学『人文・社会科学論集』第三五号、二〇一七年、一—一八頁。

グリーン、ミランダ・J『図説ドイルド』井村君江監訳、大出健訳、東京書籍、二〇〇〇年。

八木龍一、小関治男、古谷雅樹、日高敏隆編『岩波　生物学辞典』第四版、岩波書店、二〇〇二年。

第6章
なぜ〈静かな〉、〈無垢な〉アメリカ人なのか
――グレアム・グリーン『静かなアメリカ人』を読む

外山　健二

1　はじめに

イギリスの作家グレアム・グリーン（一九〇四―一九九一）の『静かなアメリカ人』（一九五五）は、最初の、そしてこれまでに第一次インドシナ戦争を扱った小説としては最高の作品の一つに位置づけることができるだろう。「戦争に対する文学的問題に関心を示す人びとへの参照枠の確立」(Taylor 294) などによって、ヴェトナムでのアメリカ人の経験を、ある意味において〈決定づけ〉、影に覆われていた歴史の一部を白日の下に晒すことで、グリーンの作家としての成功を支えたのがこの作品である。戦争という歴史的題材を扱うにあたり、グリーンは彼自身の一九五〇年代初期のサイゴン（ホーチミン市の旧名、ヴェトナム南部の都市）での外国特派員の経験をその基礎に据

え、ジャーナリストとしての素養や感性、そしてそれらによって得られた見聞などを織り交ぜながら書き上げた作品が『静かなアメリカ人』である。

作品の執筆時期は「一九五二年三月―一九五五年六月」にかけてと、作品の末尾に記されている。ただし、この小説に描かれている期間としては、第一次インドシナ戦争末期のヴェトナムが舞台となっており、厳密にはアメリカ人青年パイルがサイゴンに到着する一九五一年の後半から、パイルが暗殺される翌五二年の前半（Miller 107, 山形 一九九三年、三一四）までの状況が記述されているとする説が有力である。それを裏付ける史実としては、一九五〇年六月には朝鮮戦争が勃発して共産主義の脅威が迫り、アメリカの『秘密報告書』で「アメリカはこれ以来、ヴェトナムの悲劇に直接、巻き込まれる」（白井 三九）と指摘されていることが挙げられる。さらに、一九五四年七月にはジュネーヴ協定におけるアメリカおよびヴェトナム国（南ヴェトナム）の調印拒否、アメリカのヴェトナムへの直接介入が決定されるというその後の一連の歴史に鑑みても、その端緒に『静かなアメリカ人』が描かれている時代の状況を位置づけることができよう。

このように考えると、この小説は「一九五六年のジュネーヴ同意書後のヴェトナムがたどった歴史と、それに一九六一年から一九七二年までのアメリカ［軍事］介入を予言的に先取りした稀な作品」（山形 一九九三年、三一四、［ ］内は引用者）といえる。この予言性、さらにいえば先見性がこの作品の評価を高めていることは間違いないだろう。この明哲な推察からは、グリーン自身がいかに世界を俯瞰していたかということが容易に想像されるし、さらには彼自身がこの後のアメリカの辿る方向性までもを包括して創作の意図として据えていたことが理解されるのである。また、この作品にはグリーン自身の信仰の欠如とアメリカ外交政策の否定が反映しているとするものや (DeVitis 12)、それについての政治的議論が連動するものも存在する。「あからさまに宗教的な主題は後景へと引き、政治的なコミットメントが前景化される」(佐藤　三二三) などの主張も、前述した論評を支持するものといえるだろう。

この中の「信仰の欠如」や「宗教的な主題は後景へ」に注目すれば、一九五〇年代からグリーンの作品は宗教的要素から政治的色づけが濃くなることを明らかに確認でき、彼は実質的に宗教の参照枠を取り除いたように思える (Thomas 421)。しかし、ヴェトナムへカトリック教徒のグリーンが訪れた元々の理由は鬱病の状態から逃れるためで、カトリック教会が禁じる自殺に変わる自死を目論むためであった可能性がある (山形　二〇〇四年、二八) という。カトリックへ改宗したグリーンにとってカトリックは「情緒的とはいえなくとも、知的に信じるカトリック」(Greene 1936, 3) であった。つまり、グリーンにとってのカトリックは抑圧された人生から逃れるための一つの方便でしかなかったとも考えられる。

ここで素朴な疑問が持たれる。作品の標題からすれば、アメリカ人自体が主人公であることは間違いない。しかし、なぜアメリカ人でなければならないのか。ここにカトリック教徒グリーンの意図が感じられる。そこで、次のような事柄について追究する必然が生じる。この標題から明らかなように、アメリカ人パイルには〈静かな〉(quiet) と形容語句が冠せられる。しかもイギリス人報道記者ファウラーは「無垢な人間 (the innocent) の手から、神よわれらを救いたまえ」(二七) と叫び、〈無垢な人間〉としてパイルに言及する。ファウラーは、〈無垢な人間〉の一人であるパイルから神によって救われることを望んでいる。〈無垢な人間〉から救われんとすることをなぜファウラーが切実に懇願するのかについては後述するが、この部分からも〈無垢〉という言葉が意味深長であることが理解される。

このような考え方からすれば、なぜアメリカ人がかかわるのか、そしてなぜそのアメリカ人を〈静かな〉および〈無垢な〉と形容しているのかといった疑問が自ずと生じる。作中のパイルの行動それ自体は静かでも無垢なものであってもである。故にこれらの言葉はアイロニカルな表現と受けとめられる要素がある。『オクスフォード英語辞典』(*OED*) では〈無垢〉(“innocence”) とは、「道徳的に罪のないこと、道徳的純粋さ」が原義である。しかし、この言葉は裏面的な要素としてその純粋さのゆえに悪を理解することができずに知らず害を与えてしまう危険な存在であるという意味も有する多面的な言葉である。だからこそ、この小説においては〈無垢〉を単純に捉えるべきではないであろうし、よって〈静かな〉および〈無垢な〉に付与されている比喩的表現の意義を様々に検討することになる。

グリーンは、〈無垢〉をドナジー（Donaghy）編『グレアム・グリーンとの会話集』のなかで、「パイルの無垢はわたしに激しい嫌悪をもたらし、それは誤りだったと気づいた。パイルの死後ひどく罪悪感を覚えた」(120) と述べている。短編「無垢なるもの」("The Innocent" 1937) などに見られるように、グリーンは自分の幼少時代というべき〈無垢〉の時代に暗いイメージを持っている。そして、彼はその記憶に執拗に拘泥しており、そこから脱却できない憐憫さを自身の内に抱え持っている。『静かなアメリカ人』は、一人称で語られる典型的な自伝的小説であり、作中におけるグリーン自身ともいえるファウラーが、パイルのサイゴン到着からパイルが暗殺されるまでのほぼ半年にわたる記憶を遡及する物語といえる。ファウラーの回想形式の物語において、〈静かな〉や〈無垢な〉という人間の性質を主観的に表す形容語句の比喩的表現によって、回想が繰り広げられる時間の経過とともにパイル像の変容が表象されることになる。ファウラーは出会った当初パイルに〈無垢な〉という印象を植えつけるが、物語終末になり、パイルの、ある意味、危険的な〈無垢〉を否定するためにその殺害にかかわることになる。しかし、それによってカトリック教徒的な精神に支えられているファウラーは深く苦悩することになり、ひいてはグリーン自らも罪悪感を覚えていることが推して知られるのである。

本稿では、イギリス人ファウラーとアメリカ人パイルとの関係を中心に考察し、比喩的表現に込められたグリーンの意図を解明することが最大の目的である。この小説が第一次インドシナ戦争を扱う政治的小説であることは確かだが、それに併せてアメリカ人とイギリス人を対照させることにより、そこにカトリック作家グリーンの〈カトリシズム〉の要素の正体についてもここで論究していくものである。

2　なぜ、アメリカ人が登場するのか

パイルはアメリカの大学の世界的学者で工学博士のハロルド・C・パイル教授のひとり息子であり、ハーヴァード大学出身のまじめな青年でありながらも、ある特殊な観念論を唱えるハーディングという人物の著作集を信奉するという、通常のアメリカ人とは異なる観念論を心の底に〈密かに〉抱く人物として描かれている。アメリカが推進した〈封じ込め〉（共産主義拡大の阻止）の状況下に生きながらも、己の生きる価値を、いわば実存的価値を、自分の勤める経済援助使節団での活動において実直に見いだそうとする〈無垢〉なパイルの姿がそこにある。さらにヴェトナム人女性フォングと初めて会った際のパイルに関する記述からは、「パイルは若い女に会うと、いままで一度も見たことのないものを見るように見つめていて、それから顔をあかくする癖があった」（五二）という〈無垢〉な側面が窺える。〈異性に対する純粋無垢な心〉がパイルに宿るのも、『オクスフォ

ード英語辞典』(*OED*) の「無垢な」("innocent") の語義説明にある「うぶで世間知らずの」という意味からも理解できる。

一方、〈アメリカ人〉を記述するイギリス人作家グリーンの経緯を辿ると、学生時代に共産党に入党しており、マッカラン法（アメリカで制定された国内治安維持法）に抵触し、入国ヴィザをもちながら、一九五二年二月にアメリカ入国を拒否されている。この時点で思想による迫害を受けたグリーンの心の底にアメリカに対する一つの批判的な見方が根ざしたことも容易に想像される。また彼は第二次世界大戦中にはイギリス海外情報部 (MI6) のスタッフであったこともわかっており、『静かなアメリカ人』の構想のうちの一つは、一九五一年一〇月のある日、アメリカ中央情報局 (CIA, Central Intelligence Agency) とのつながりが強いアメリカ経済援助使節団の一員と話している最中に着想したとされている（Greene 1980; 一五一）。さらに『静かなアメリカ人』における語り手のイギリス人ファウラーは、アメリカについて「わたしはアメリカ的なありとあらゆるものを——ほとんど無意識に——悪く言いはじめた。わたしの話題は、アメリカ文学の貧しさや、アメリカの政治の醜悪さや、アメリカの子どもの野獣性などでうずまってしまった」（二五四）とアメリカを痛烈に批判している。それは「静かなアメリカ人」の〈無垢〉を批判しているとも読み解けるものでもある。なぜなら、その〈無垢〉を〈野獣性〉にまつわる危険性と解することもできるからである。先述したように、〈無垢〉には無意識のうちにも他者に危害を加えるといった意味も含有される。アメリカを批判的に捉えるグリーンから見ればこのような批判は相当であろう。さらにこの観点からすれば、この〈無垢〉という言葉は辛辣なアイロニカルな表現ともとれるものである。

そして、グリーンは〈無垢〉に加え、敢えて〈静かな〉という形容詞を〈アメリカ人〉に付加している。グリーンがアメリカ入国拒否の経験があることからもわかるように、前述したようにその根底にはアメリカ批判の心理が隠れている。〈静かな〉という形容詞は肯定的な意味合いのみで用いられる語句ではないが、しかし意図的にその語でアメリカを形容したとすれば、そこに他の意味合いが根ざしていると考察しなければなるまい。つまり、〈静かな〉によってアメリカ批判を暗示しているということになる。これを検証するには、当時の政治的な状況、就中ＣＩＡについても言及する必要がある。なぜならアメリカがＣＩＡへの依存を深めた時代だったからである。ゆえに、『静かなアメリカ人』とＣＩＡについても検証を加えれば、ＣＩＡと形容詞〈静かな〉との関係も明らかになり、『静かなアメリカ人』におけるアメリカ人に対するグリーンの否定や批判を読み取ることができるようになる。

3 〈無垢な〉パイルの情報

〈無垢な〉にまつわる次の一節を考えたい。「私［ファウラー］は、「あなたは正直に相手になってくれていますか?」というパイルの［無垢な］質問を検討していた」（一五八、［ ］内は引用者）はその考察に有効だろう。ファウラーが、パイルの〈無垢な〉質問である〈正直に〉という言葉を重要視していることは間違いない。この場面は、パイルがトマスに対してフォングに恋をしたと告げる場面でもあり、ファウラーをトマスと呼ぶパイルの性質の根底には〈無垢〉があることは再度確認できる。なぜなら、ファウラーにとっての「トマス」という呼称は特別に深刻なものであるのに対し、さらにいえば暴力的な意味さえも帯びているものであるのに対し、その禁忌をパイルは何の気なしに犯してしまったからである。この場面の直前でパイルは「トマス、あなたはぼくには正直に相手になってくれるんでしょう?」（一五七）といっている。〈正直に〉という言葉を使うとき、パイルがファウラーを敢えてトマスと呼んでいることに注目する必要がある。つまり、他意なくパイルがファウラーをトマスと呼んだのに対し、ファウラーは特別な意図がその「トマス」という呼称、さらには「正直に」という言葉に含まれているのではないかと敏感に反応したのである。

さらに追究するならば、ファウラーと彼をトマスと呼ぶパイルとの別の会話の場面で、トマス・ファウラーは「わたしはあの娘と結婚できない。故国に女房がいる。女房は絶対に離婚を承知しないだろう。高教会だからね」（一〇〇）という。こう考えると、トマスという名が、ファウラーのクリスチャンネームであることが想起され、さらに、高教会（イギリス国教会内でローマ・カトリック教会との歴史的連続性を特に強調する流れの総称）に属するカトリック教徒の妻ヘレンから、ファウラーがトマスと呼ばれる場面にも思い至る。トマスという名には、その背景として厳格なカトリシズムが存在するのである。ここで特筆すべきは、グリーン自身の洗礼名もトマスなのである。イギリスにいる彼女からヴェトナムにいるファウラーへの手紙には「トマス、あなたの真実は、いつだって、あんまりにもその場限りなんですもの」（二一五）とある。福音書ヨハネ伝によると使徒であるトマスは、当初はイエスの復活を信じなかったが、後に信仰を深めるようになった人物の名であり、トマス・ファウラーのトマスもそれに由来している。妻ヘレンは、ヴェトナムにいる夫にフォングのために離婚を考えている不誠実の影を感じつつも、彼女はそれを承知のうえで、その手紙によってファウラーの不誠実さを非難している。トマスという名からは、彼の〈その場限り〉ではない真誠さを信じたいという願いを少なからず託したヘレンの切実な心情を察することができるのである。

さらに、ここからはパイルの言動そのものについて考察を深めていきたい。前述したようにパイルは、その〈無垢〉な質ゆえに、ファウラーを「トマス」と呼んだものと一般には解釈されるが、パイルには些かの他意も本当になかったのだろうか。明確な意図が介在しなくとも、パイルをしてファウラーを「トマス」と呼ばしめた理由は何もなかったのだろうか。それを探る材料としてヘング氏という登場人物との関連を手掛かりとして挙げることができる。ヘング氏はアメリカがヴェトナムを基点として擁立したテェ将軍率いる〈第三勢力〉の暴力的な企てを現地人に知らせた人物である。つまり情報をもっていた。それは、単なるインフォメーションではなく、いわば〈インテリジェンス〉である。テェ将軍はインドシナ人、フランス人、コミュニストたちとの間にくびきを打ち込み、ひいてはアメリカの援助によってヴェトナムを占拠しようと目論む人物である。そのテェ将軍一派の〈地下活動〉のアジトは古物置場であり、そこに自由に出入りするのが中国人であるヘング氏であった。そして、まさにその場所で〈プラスチック〉爆弾による爆破事件が起こったのである。その爆破事件を起こしたのはコミュニストたちの仕業とする〈現地の人びと〉の声に悩むヘング氏は、テェ将軍率いる〈第三勢力〉がこの事件を引き起こしたことを〈現地の人びと〉に伝えるべきであると考えるようになった。現地の人びとの〈声〉に真剣に耳を傾けるヘング氏の行動が描かれていることによって、グリーンの〈ヴェトナム南部〉に対する立ち位置が見えてくる。当時の現地の政治的状況、複雑に絡み合う民衆の思想等々が、この小説に刻印される契機となったのである。グリーンの体験は、現地の混濁した状況に〈情報〉が不可欠だという思想に連関する。その〈情報〉を民衆のことを慮る公正中立なヘング氏に語らせるのである。そのヘング氏の公正な〈情報〉によってファウラーはパイルの〈任務〉を知ることになる。パイルは〈第三勢力〉にアメリカ政府の仕事として加担し、それをファウラーに隠していた(silent)のである。

つまり、この小説では、重要なキーワードが少なくとも三つあることになる。一つは〈ヴェトナム南部〉への視点であり、いま一つはヘング氏が握る〈情報〉である。パイルは特殊任務(四九)につき、アメリカの経済援助使節団の一員という設定になっている。「餓死しかかっている裁縫女に、電気ミシンをくれる仕事」(六八)などの物質援助(四八)をしている。この経済援助の仕事に携わっているはずのパイルが〈第三勢力〉とかかわることに着目しなければならない。その上で、さらなるキーワードである〈カトリシズム〉がパイルの死とかかわってくる。これについては第四節で追究する。

こう見ると、〈無垢な〉および〈静かな〉という言葉をめぐりパイルは何者なのかという問いについて深く掘り下げて考えざるをえない。作中のファウラーがヘング氏に話しかける以下の会話に注目したい。

「要するに、あなた［ヘング氏］はパイルと例の将軍とのあいだに一種のつながりがあることを確認したわけですね。非常に細々としたつながりね。しかしそれにしても、これはニュースじゃない。ここの人たちはみんな秘密情報に熱中してるんですな」(一三三)(［　］内は、引用者)

「ニュース」ではなく「秘密情報」に熱中しているという点に注目すると、この〈情報〉が一体何であるのかということを明確にしておく必要が生じる。イギリスの報道記者ファウラーの任務である〈ニュース〉を伝えることが重視されているのではなく、〈情報〉(intelligence) の方に力点がおかれているのである。さらにこの二人の間の会話では次のようなやりとりが展開される。

「またプラスチックも、ボストンから来たばかりの若造［パイル］には向かない。パイルの親方は誰です、ヘングさん」

「いや、パイル氏は主となってやっているという印象をわたくし［ヘング氏］は受けています」

「あの男は何です？　ＯＳＳですか？」（三一三）（［　］内は、引用者）

以上の会話を踏まえれば、〈情報〉とＯＳＳとの関係に思い至る。「戦略諜報局」〈ＯＳＳ〉は“Office of Strategic Services”の頭文字であり、第二次世界大戦中のアメリカ軍の特殊機関で、諜報機関である。

ファウラーが「戦略諜報局ですか？」と問いかけたところの「戦略諜報局」は、時代に即せば、後身の「アメリカ中央情報局」(CIA) である。つまり、ファウラーの質問は、「パイルは〈中央情報局〉の工作員ですか」という意味に取れる。ここにおける〈情報〉とはここでは〈インテリジェンス（intelligence）〉のことであり、〈インフォメーション（information）〉ではない。〈インテリジェンス〉とは「死活的に重要なこと」に関する行動のためのインフォメーション（孫崎　一一七）となる。新聞やテレビなどの〈ニュース〉は一般的には〈インフォメーション〉であり、これが外交や軍事の行動を前提にして集められると〈インテリジェンス（情報）〉（孫崎　一一七）である。

ここから推察されるのは次のことである。アメリカの経済援助使節団とはスパイとしての隠れ蓑なのであり、つまりパイルは自分の国アメリカのためにスパイ活動をしていたということになる。さらに、インテリジェンスとはスパイが探る機密情報であると解釈される。こう考えると、パイルの〈無垢〉は特別な意味を帯びて理解される。それは、そうしたアメリカの方針に無批判に貢献する〈無垢〉という意味である。ファウラーとしてグリーン自身が嫌悪し、否定したのはそうした〈無垢〉なのである。ファウラーはパイルについて語りながら「無垢とは、世の中になんの害を与えるつもりもなしにうろつきまわる伝染病患者に似たものだ」（六一）というが、そこにおける〈無垢〉はファウラーによって明らかに否定的に捉えられている。隠れ蓑にスパイとしてうろつきまわる、〈密かな〉で〈静かな〉アメリカ人伝染病患者が、パイルということになるだろう。

次に正体が明らかになったパイルの活動を改めて検証したい。パイルの活動は〈第三勢力〉のテロ行為と間接的にかかわっていることがわかる。「ぼくらはアメリカの援助の細かいことを知られるのは好まないんですよ」（一二七）とパイルは語る。無論、援助活動は隠れ蓑にすぎないからであり、そこにおける情報収集は、〈他者〉理解のためではない。彼がさまざまに〈情報〉収集することで、〈第三勢力〉がテロリズムを引き起こしたからである。そして、この〈情報〉は、〈ニュース〉〈情報〉ではなく、〈インテリジェンス〉〈情報〉と解せる。一連のテロリズムによって、パイルの姿は完全に市井を逸脱したものとなる。特殊な存在となったパイルは、〈秘かな〉そして〈罪のある〉人物へと変容したのである。

4　おわりに

ファウラーとカトリック教徒の警察署員ヴィゴーは、パイルの書棚を見て、パイルが殺人を犯していると確信していく。その後、フランスの哲学者ブレーズ・パスカルを愛するヴィゴーは「然り。されど汝は賭けざるを得ぬ。それは汝の随意ではない。汝はすでに事に当っているのだ」（二五〇）というパンセの言葉をファウラーに投げかける。『パンセ』で名高いパスカルの「賭け」の箇所に纏わるものであるが、それはファウラーが様々な出来事に巻き込まれるのではなく、〈巻き込まれ〉なければならないもの、つまり必然によって巻き込まれていると解せる。パンセの言葉の

〈真の行為〉は、カトリック教徒ヴィゴーの発言であり、それはファウラーの妻ヘレン（カトリック教徒）の手紙にある「真実を告げよう」（二一五）とする姿勢に重ね合わせられる。パイルに備わる〈秘かな〉という形容詞は、〈秘かで〉〈内密な〉ことを明らかにする〈真実〉とは正反対ともとれる意味を含み、先述したように宗教的要素の存在は、〈正直に〉なっているかと問いかけるパイルの発言において、ファウラーがトマスというクリスチャンネームで呼ばれることで可視化されている。この宗教的要素に、〈秘かな〉アメリカ人パイルの殺害にかかわるファウラーの〈罪悪感〉が連動してくるのである。

さらに、ファウラーの〈罪悪感〉についても論を進めたい。ファウラーが、「わたしの体験」として見聞を語ることで、その信憑性は高まってくる。つまり、一人称の語り手という限られた視点から眺める主観性によって支えられることで、その人物にとっての事実が憚られることなく記されることになるのである。

確認すれば、この小説ではグリーンの自伝的要素が入り込むという事実の信憑性が、第一人称の語り手ファウラーによって語られる回想形式によって高まり、そこで「歴史の再構成」が行われているのである。その過程で、ファウラーはパイルを裏切り、パイル殺害に〈関与〉（アンガジュ）したということが明らかになる。ここにパイルよりもむしろファウラーの実存主義的な振る舞いが窺える。ファウラーはいずれの側にも就かずに、傍観者的な記事を書こうとしているが、最終的にはパイルの正体を知り、テェ将軍に爆弾テロ（無差別な市民の殺戮）を教唆していることを知り、パイル暗殺に手を貸す。それは、人間は人間らしくあるためには傍観者からいずれかの陣営につかねばならないという実存主義的な思想の具体化といえる。そして「パイルが死んでからは、何もかもが順調に進んだ」（三四四）とファウラーは〈正直に〉認め、まさに「死人に口なし」であるところの〈静かな〉アメリカ人パイル、言い換えればアメリカそのものの否定をそこに読み取れることができる。同時にファウラーには罪悪感がもたらされるが、その感情が、正義を口実にし、その実フォングを得るためにパイルを殺したという後ろめたさとも読み取れるが、パイルに対するファウラーの言葉である「無垢とはつねに静かで他人の保護を求めるもの」（六一）という自らの言葉の意義を全否定してしまった後悔の念であるとも考えられる。

終末部にあるファウラーの「すまないと言える誰かが存在してればいい」（三四四）と締めくくる直前に、ファウラーは「すまない、フォング」（三四四）と言っており、彼女をパイルの代償として手に入れたことを告白している。ここでの〈誰か〉とはフォングと解せる。フォングとはヴェトナム語で〈不死鳥〉を意味し、〈死〉の対極に存在するフォングをファウラーは手に入れたことになる。確認すれば、〈無垢〉の意味を備える“innocence”は無辜とともに無邪気や世間知らずといった意味も同時に有しているが、アメリカの正義を無批判に信じ込み、ハーディングの理論を無批判に信じて行動するパイルの無辜（単純さ）を批判したグリーンの姿がそこに顕現し、その批判は、パイルの死という終焉へと接合する。さらに言えば、死に直面するトマスは、心情的に〈神への信仰〉へとたぐり寄せられるのである。「あいつ（神）がいれば」（三四四）、などとファウラーはいっており、信仰の一歩手前で、信仰に入れない、神の存在を信じられない人間のありようをトマス・ファウラーは表象している。ここにみる罪悪感、いわば贖罪の気持ちが〈正直に〉心の底にあるファウラーを、グリーンは神の恩寵と希望を見いだせない姿として一人称の語り手によって描いているのである。「すまないと言える誰か」とは〈神〉としても理解できるだろう。

引用文献

（英語文献からの引用を邦訳文献によって示した場合は漢数字で頁数を示した。なお、文脈によって訳を変更したり、表記を変えた。）

DeVitis, A. A. *Graham Greene*. Revised Edition. New York: Twayne Publishers, 1986.
Donaghy, Henry J., editor. *Conversations with Graham Greene*. Jackson: UP of Mississippi, 1992.
Greene, Graham. 1936. *Journey Without Maps*. New York: Viking Press, 1983.
——. *The Quiet American*. 1955. New York: Viking Press, 1956.（田中西二郎訳『おとなしいアメリカ人』早川書房、二〇〇四年。）

——. *Ways of Escape*. New York: Simons & Schuster, 1980.（高見幸郎訳『逃走の方法』早川書房、一九八五年。）

"Innocence." *The Oxford English Dictionary*. 2nd ed. 1989.

"Innocent." *The Oxford English Dictionary*. 2nd ed. 1989.

孫崎享・音好宏・渡辺文夫編『総合的戦略論ハンドブック』ナカニシヤ出版、二〇一二年。

Miller, R. H. *Understanding Graham Greene*. Columbia: U of South Carolina P, 1990.

佐藤元状『グレアム・グリーン　ある映画的人生』慶應義塾大学出版会、二〇一八年。

白井洋子『ベトナム戦争のアメリカ――もう一つのアメリカ史』刀水書房、二〇〇六年。

Taylor, Gordon O. "American Personal Narrative of the War in Vietnam," *American Literature*, 54, May 1980. pp. 294–308.

Thomas, Brian. "The Quiet American," *The Quiet American: Text and Criticism*. John Clark Pratt, editor. New York: Penguin, 1966. pp. 419–49.

山形和美『グレアム・グリーンの文学世界――異国からの旅人』研究社、一九九三年。

——編集・監修『グレアム・グリーン文学事典』彩流社、二〇〇四年。

第三部
非アングロ・サクソン系作家が見た他民族

第7章　ブラック・ブリティッシュ作家が描くユダヤ人ホロコースト
――キャリル・フィリップスの『血の性質』に見るトラウマの連帯――

小林　英里

はじめに

ブラック・ブリティッシュ作家のキャリル・フィリップスが作品で扱うテーマとしては、奴隷制やその結果である黒人ディアスポラが挙げられる。ブッカー賞のショート・リストに載りジェイムズ・テイト・ブラック・メモリアル賞を獲得した『川を渡って』（一九九四）においては、アフリカで子どもを奴隷商人に売る父親の語りで始まり、一八三〇年代の西アフリカでのミッショナリー活動に携わる黒人男性のナッシュ、一九世紀のアメリカ大陸で自由を求め西部へと向かう黒人女性マーサ、第二次世界大戦中に黒人米兵としてイングランドに赴任するトラヴィスの物語を経て、最後は父親と三人の子どもたちによる黒人離散を嘆くコーラスで終わる。この作品では、奴隷制と黒人離散の問題はアフリカ・大西洋・アメリカ合衆国・イギリスという地球上のいたるところで見られる現在進行形の問題であることが示唆され、これらが個人や集団の記憶の記録として語られていく。

フィリップスが作品で描く「外国／他国」としては、黒人離散の舞台であったアフリカや大西洋、アメリカやカリブ海地域が挙げられるが、しかし作品のなかには、こうした奴隷制や黒人離散の問題と並置されるかたちで、ユダヤ人ホロコーストが記述されている小説がある。『より高い土地』（一九八九）と『血の性質』（一九九七）である。三部からなる前者では、一八世紀の西アフリカの奴隷貿易にかかわる物語、一九六〇年代のアメリカの公民権運動にかんする逸話、そして第二次大戦後のロンドンで孤独と精神病を患うホロコースト生存者の三つの物語がそれぞれ語られていく。後者には章分けは一切なく、黒人ディアスポラ経験とユダヤ人のホロコースト体験がまるでより合わされたひとつの物語であるかのように記述されていく。これらの小説を読む読者には、奴隷制や黒人離散の経験がホロコースト生存者の体験と関連するものとして認識されてくる。両作品を考慮すると、「外国／他国」のリストに、ホロコーストの舞台となったポーランドやドイツも加わる。

本論文においては、フィリップスがおもに扱ってきた奴隷制や黒人離散の経験を黒人が集団として経験してきたトラウマ体験のひとつとして捉えたうえで、黒人でありながらもべつの民族のトラウマ体験であるユダヤ人の離散体験を自身の作品内で描くことの意義を考察する。史上類を見なかった規模と残酷さを特徴とするユダヤ民族への虐殺行為を、はたして体験していない者が描いていいのかという「当事者性」の問題がつねに存在するものの、黒人作家がホロコーストを奴隷制と併置して描くことは、キャッシー・カルースのいう「トラウマの連帯」(1995; 1996) を生むのではないだろうか。こうした読みは、閉鎖的ではない開かれた未来を指向することにつながることを、本論文で示したい。

1．黒人離散とユダヤ人離散をより合わせたトラウマ小説としての『血の性質』

一九九七年出版の『血の性質』は紛れもなくポストモダン小説である。ナラティヴのかたちに着目するならば、小説中盤で登場する語り手は、自分の身に起きた出来事を通常の時系列と逆行するかたちで語っていく。通常ならば過去から現在へ進むという時間軸が乱れる。例えば、現在の出来事を語る語り手に、突然、過去がよみがえってくる。このフラッシュバックの場面などが時間軸を乱す例として挙げられる。さらに、作品では多かれ少なかれ心身に傷を負った登場人物が中心的な位置を占めているのだが、かれらの心情が、ときには執拗に、ときには淡々と、語られていく。かれらはつらい記憶を、ときに抑圧し、ときにそれに抗いながら、断片的に語るのだ。こうした時間軸の乱れや断片的な語りという作品の特徴を考慮に入れれば、『血の性質』は極めてポストモダンな小説であることが指摘できる。

ポストモダンの思想が反映されているのは、ナラティヴの点だけではない。次に小説の形式に着目すると、章分けが一切されていない小説において、ある物語がべつの物語へと移行する際には五行ほどのスペースが設けられており、各物語の中で場面が変わるときには二行ほどのスペースが置かれている。この視覚的な指標を頼りにして読者は複雑なテクストを読み進めなくてはならない。フィリップスの作品のなかでも実験的なテクストとなっている。まさに『血の性質』はベネディクテ・リーデントがいうように「迷宮のような」(135) テクストであり、この実験性もポストモダンの小説性を示している。

複雑で迷宮のようなテクストではあるが、作品にはまとまりをあたえる三つの物語が存在している。加藤恒彦が指摘するように、大きく分けて「三つの物語がねじれ合うかのように、より合わさっている」(一九五) のである。まさにテクストという織物それ自体のようだといえるだろう。三つの物語のうち一つめは、ドイツに居住していたユダヤ人一家であるスターン家の物語と、その次女エヴァがアウシュヴィッツ絶滅収容所およびベルゲン＝ベルゼン強制収容所を体験して生き残るけれども、戦後のロンドンで自殺するという物語である。二つめはウィリアム・シェイクスピアの戯曲『オセロ』の主人公を彷彿とさせるアフリカのある部族出身の傭兵が、都市国家ヴェネツイアに雇われてキプロス総督となりトルコ軍と戦うために島へと向かい、彼の地で新妻と落ち合うまでの物語である。(1) そして最後の物語では一五世紀末ヴェネツイア近郊のポートビュフォーレという村が舞台となり、キリスト教徒の子どもを過越の祭りの際に殺害したという罪で（実際は無実）、火刑に処されるユダヤ人たちにかんする物語である。この三つの物語とともにプロローグとエピローグが設定されており、キプロス島と新生国家イスラエルが誕生してからしばらくたったイェルサレムがそれぞれ舞台となっている。

小説では、キプロス島とベネツィアが、それぞれの異なった時代に起こるエピソードをつなぐ共通の地点として設定されている。(2) 数々の時代を超えてさまざまな物語が語られていくテクストのなかで、ユダヤ人とアフリカ人がこれらの二つの場所を去来する。ある場所が「換喩的な連想」（小林二三九）として機能し、複数の時代をつなぐ役割を果たしていると指摘できる。キプロスを例に挙げよう。プロローグではイスラエル建国前夜のキプロス島が扱われ、島ではイェルサレムへと向かうユダヤ人難民が一時逗留している状況である。主要な登場人物のひとりであるエヴァ・スターンの叔父ステファン・スターンは、難民支援員としてここで指導的な役割を果たしていた。小説では彼がユダヤ人の子どもと接する逸話が挿入されており、「その国はなんという名前になるのだろう？」(3) と子どもに尋ねられたスターンが「イスラエルだよ」(3) と答えている場面がある。その逸話から一〇〇ページほどページが重ねられたところで、再びキプロス島が舞台として浮上する。しかしここの部分では、時代が二〇世紀後半からイタリア・ルネサンス期へとさかのぼり、語りもプロローグの第三人称の語りから、「彼女は黒髪を首と肩に巻き付かせ安らかな様子で眠っていた。この若い女性は、運命が自分を苦境に追い込んでしまったとは夢にも思わなかっただろう」(106) というデズデモーナらしき女性の寝姿を描写する黒人男性の独白の語りへと変化している。キプロス島は二つの異なる時代をつなぐ結び目となっていることが分かる。

このように、場所にまつわる「換喩的連想」の手法が、黒人ディアスポラとユダヤ民族のディアスポラをともに語っていくための方法のひとつとなっている。ほかにも、二つの民族の苦境の物語をより合わせていくための工夫が作品中に見られる。単語のレベルでの例をとってみよう。エヴァ・スターンの両親を説明する部分が好例となるだろう。「母は自分よりも階級が下の男と結婚した」(14) というエヴァのナラティヴで始まる段落においては、階級差から生じる両親の価値観の違いによって、いかに一家がホロコーストから逃れる機会を失なってしまったかが記述されている。エヴァの母親の両親はどちらもよい家柄の出で、とくに父親は銀行の頭取をつとめたほどであった。他方、父親の両親は小さな商店を営んでおり、「父は今の地位を得るために非常な努力をしなくてはならなかった」(14) と娘のエヴァは語る。当時のスターン一家はドイツ国内に居住していたが、ユダヤ人への迫害が強まるにつれて、周囲では次第にアメリカへ渡る者たちも増えてきた。母親は金銭的に余裕のある「今、行動に移せば、合衆国側に経済的な負担をかけずに済むのだから」(20) と父親への説得を試みるが、彼は同意せず、彼女は「あなたは、すでに手にした物に並々ならぬ執着を抱く階級に属する人間の典型だわ」(20) といって夫を非難する。結局一家は渡米の時機を逸してしまう。自分よりも父親を好むマーゴとエヴァの二人の娘からも、そして夫からも、理解されない母親を、小説は以下のように表現している。「突然母親は心の離れた夫からも、難しい娘たちからも、置き去りにされてしまったと感じた」(14)。原文では「置き去りにされた」という語に marooned という単語が使われている。この語はもともと西インド諸島の逃亡奴隷をさす言葉であった。つまりユダヤ人家庭のひとりの女性の孤独感を示すのに、奴隷制の語彙が使用されていることが分かる。単語のレベルにおいても、黒人離散とホロコーストを編み合わせる工夫がなされているといえる。(3)

『血の性質』ではこのように、奴隷制や黒人離散経験と、ユダヤ人離散およびホロコースト体験が、ときには並置され、ときにはより合わされて、編まれている。言い換えるならば小説は、これらの経験により心身ともに傷を負った人々の「傷」を扱った「トラウマ小説」であるといえるだろう。アン・ホワイトヘッドが著書『トラウマ小説』(2004) で指摘するトラウマ小説の特徴として、以下のことが挙げられる。「しばしば小説家たちはトラウマという衝撃は、トラウマの形態や症状を模倣することで、適切に表象／再現できると判断している。ゆえにトラウマ小説においては、時間性や年代順列は崩壊するうえに、ナラティブの反復性やその方向性の欠如という特徴が見られる」(3)。さらにトラウマ小説は「ポストモダン小説やポストコロニアル小説に重なる」(3) とも述べている。トラウマの実際の症状として、患者のナラティブにおける反復性や患者のフラッシュバック体験などがあげられるが、『血の性質』という小説において顕著な特徴ともいうべき時間軸の乱れや崩壊、フラッシュバック的な語り、形式上みられる断片性などが指し示していることは、この小説が個人や民族のトラウマを扱う「トラウマ小説」であるということである。

2.『血の性質』の批評をめぐって

『血の性質』は出版当時の最先端のポストモダンの思想やポストコロニアリズムの思想が小説として具体化されているテクストであるともいえるので、伝統的な小説技法を好む批評家からは手厳しい非難を受けることとなった。出版直後の一九九七年二月、「黒人はユダヤ人ではない」という挑発的なタイトルで、ヒラリー・マンテル(4)は書評をおこなっている。男性黒人作家が「他人の苦しみ［ユダヤ人のホロコースト経験］を自分のものとして表現するのは不適切である」(39) というものだ。

なぜ書いたの？ セント・キッツ生まれのリーズ育ちのキャリル・フィリップスが。これ以前の小説で十分に奴隷貿易を考察してきたのに。これだって、長期にわたる一種のホロコーストであるのに。……「誰かがユダヤ人について話をしたら、その人はぼくのことを話しているのだ」と表現したジェイムズ・ボールドウィンに賛同すると言っていたらしいが、……とんでもない感傷である。人々の差異を消し去る馬鹿げた言葉である。……他人の苦しみを自分のものとして表現するのは不適切である。植民地主義的な衝動にほかならない。純粋な気持ちからきているのかもしれないが、必要なことはもっと他にある。善意が時として思考を誤らせることもある。人類すべてがユダヤ人ではない。だからこそホロコーストが起きたのではなかったか。(39)

マンテルの書評に関して問題だと考えられる点はいくつかある。まず、小説にはアウシュヴィッツ絶滅収容所でエヴァ・スターンが特別部隊員として死体の処理作業をおこなう場面(171)があるが、この部分では断片化したナラティブが採用されている。この断片化の手法にはエヴァの心の動揺や、彼女の精神が破壊されていく過程が反映されていると考えられる。マンテルはこの部分のエヴァをまるで「人造人間」(38)のようだとしている。これはテクスト内で戦略として機能している断片化の手法を理解していないことからくる言葉なのではないだろうか。次に、小説においては『アンネ・フランクの日記』(一九四七年、エヴァの姉マーゴの逸話部分)やシンシア・オジックの『ショールの女』(一九八〇年、エヴァのドイツでの隠れ家の隣部屋にいるローザの逸話の部分)など、ホロコーストに関するテクストが、間テクスト性の戦略でもって一部引用され、テクストに組み込まれているのだが、マンテルはこれを「ホロコーストに関連する文章を寄せ集めただけの弱い散文」(38)であるとして批判している。間テクスト性という文学装置により、作品に深みと幅が増すことは多々あるというのに。最後に指摘したいことは、まさに書評のタイトルが示すとおり、マンテルが、黒人男性はユダヤ人男性ではなく黒人男性の問題のみを論じていればいいと断言している点である。彼女の中では「ユダヤ人／黒人」や「男／女」というカテゴリーを区分する線があまりにも明確に規定されているため、その規定からのいかなる逸脱も許容されないようである。(5)

他方で、マンテルの批判から九ヶ月後に、J・M・クッツェー(6)が「我々が忘れたいこと」と題した『血の性質』についての書評を『ニューヨーク・レヴュー』に寄せている。前半部分ではフィリップスのこれまでの作品を振り返り、彼の作品には奴隷制とそこに端を発した黒人離散のテーマが見られるだけでなく、信念をもった白人女性たちの表象が筆力をもっておこなわれていることを指摘している(38–39)。『血の性質』のエヴァについてはロンドンで彼女を治療する精神科医の言葉を引いて「忘れることへの拒絶――終わりなき追悼――死者に対する忠誠という一形態」(39)が彼女の心の病の原因だとみなしている。そして最後は以下の言葉で書評を結んでいる。「彼は作品を読んでほしいのだ。想像された一連の歴史として。西洋の迫害と犠牲化の歴史として。……彼の小説は包括的で多様な歴史を提示しているのだが、じつはここにはただ一つの目的が存在している。

西洋が忘れたいと思っていることを忘れさせないという目的が」(41)。

おそらくマンテルの批判は、欧米ではホロコーストやユダヤ人離散の問題は可視化されて反省もおこなわれ、さまざまな議論がなされているのに比べて、奴隷制や黒人離散や植民地主義の問題はまだ十分になされていないため、そのことからくる欧米人の罪悪感や、思い出すには都合の悪い歴史から目をそむけて糊塗したいと感じる欧米人の一反応を示しているのだろう。表現は異なるものの、リーデントもマンテルの書評の批判的なトーンの理由を「いわゆるアウトサイダーから批判されてしまったというヨーロッパ人が抱く不安感や恐れを、フィリップス作品が引き出してしまったからだ」(151) としている。さらに重要な点だと思われるのが、彼女の書評は、ホロコーストを語ることができるのは一体だれなのかという「当事者性」の問題を提示していることである。大量虐殺や災害を生き延びた人々の「証言」のほうが、そこから派生した小説などの「虚構」よりも価値があるという考え方も厳然として存在している。さらに当事者に「代わって」発言することは、当事者の声を奪ってしまうことにつながるという指摘もあって、これも的外れな指摘とはいいがたい。「当事者性」の問題は議論し続けなくてはならない問題である。

他方で、クッツェーは欧米が忘れたい歴史について言及している。これはホロコーストが「スクリーン・メモリー」として機能しているという議論につながるものである。この語はもともとフロイトの術語で、トラウマを患った患者がより辛い記憶を覆い隠すためにべつの記憶を分析医に提示することである。各国には自国にとって都合の悪い歴史がもちろんあるけれども、「ホロコーストはそれを覆い隠すために覚えられている」(Crasp 79) のではないかという指摘が、メモリー研究ではなされている。不都合な歴史とは、アメリカにおいては、ネイティブ・アメリカンの虐殺、奴隷制や黒人差別、太平洋戦争中の日系アメリカ人の強制収容所への収容、ヒロシマ／ナガサキへの二種類の原爆投下、ヴェトナム戦争などである。欧州では、植民地主義の一連の歴史やナチスへの協力が挙げられる。(日本ならば、日本の植民地主義を糊塗するためにヒロシマ／ナガサキの原爆投下がスクリーン・メモリーとして機能する危険性がある。)

3. トラウマ理論とトラウマの連帯の可能性

一九九〇年代前半のアメリカで「トラウマ理論」の構築に寄与したのは、キャッシー・カルース、ショシャナ・フェルマン、ジェフリー・ハートマン[7]などのイェール大学の出身者で、かつ、ポール・ド・マンの教えを受けた者たちだった。出身校は異なるが、このリストにドミニク・ラカプラ[8]を加えてもよいだろう。本論文においてトラウマ理論にかんし特筆すべき点は二つある。一つはトラウマの「遅延性」であり、もう一つはトラウマの「連帯の可能性」である一九九五年出版の『トラウマ』においてカルースは、トラウマ的経験の特徴のひとつとして「遅延性」を挙げている。フロイトの『モーセと一神教』からの一節を引きながら、フロイトがトラウマを「出来事が起こり、それを抑圧し、そしてそれがよみがえること」[9]（7）という一連の動きとして捉えていることを説明したうえで、「トラウマ的出来事は、それが起きているときに経験されることはない」（8）と断言する。トラウマが認識されるのは、必ずなにかしらの出来事の後であり、ゆえにそのようにして認識される時と場所は、トラウマを受けた時と場所は異なっているということになる。この遅延性ゆえにトラウマとは「べつの場所と、べつの時間との関係性において、明らかになってくるものである」（8）と説明している。

トラウマ的経験がべつの時空を不可避にも内在させるものであるならば、認識された瞬間の時と場所に関する要素が必ず付随するため、トラウマとは体験した個人だけに属するのではなく、べつの人間との共有が可能であると論じることが理論的に可能となってくる。カルースは、トラウマが体験者自身を超えて、外部の人や外部の文化へと伝わっていく可能性について言及している。「トラウマから抜け出ることは…孤独から立ち去る手段にもなる。……トラウマを超えて呼びかけることに意味があるとすればそれは、個人の孤独だけではなく、より広範な歴史の孤独にもかかわってくることとなる」（11）。ここで彼女は「文化のレベル」（11）においてトラウマが異文化間のコミュニケーション手段となりうる可能性を示唆している。「この破滅的な時代においてトラウマは、文化間のつながりを提供するものとなるかもしれない」(11)と結ぶ。また、『請求されない体験』の導入部では「ある人のトラウマが別の人のトラウマと結びつくようすや、べつの人の傷を通じて、つまりその傷に目を向け耳を傾けるという驚くべき行為によって、べつのトラウマにつながる可能性のようす」(8)について触れられている。つまりカルースの議論では、べつのトラウマの声を聞くことは文化間のつながりを提供する可能性をもち、文化の距離を超えてある種のトラウマの連帯を生み出すことにつながる。

トラウマの形態や症状を模倣するトラウマ小説においては、そのような連帯が実現される可能性は十分にある。「当事者性」の問題にかんし、トラウマ理論を文学作品の分析に援用している批評家たちに共通して見られる認識は、当事者の声を奪わないこと、自己と当事者との距離を保つことである。ステフ・クラプス、マイケル・ロスバーグ、アナ・ホワイトヘッドがそうした批評家である。かれらはみな作品を書く際も読む際も、トラウマやそれを患う登場人物といった対象に対して過度な感情移入をおこなわないという点を共有しており、ほかのトラウマを自分のものとして領有せずに対象から一定の距離を保つという点においても、意見の一致をみている。[10]

『血の性質』のホロコースト表象にかんしていえば、筆者にとって自身の出自とは異なるほかの民族のトラウマ経験であるホロコースト体験を領有することは、フィリップスは決しておこなっていない。例えば、エヴァ・スターンの姉マーゴの最期を記す場面において、語り手は、過度の感情移入をおこなうことなしに、どちらかといえば淡々と、彼女の死について触れている。マーゴはアンネ・フランクを彷彿とさせる人物で、両親とエヴァはアウシュヴィッツへ送られるが、彼女だけはドイツ国内で協力者の隠れ家で暮らす。しかし隠れ家の主人にレイプをされ、この暴力が繰り返されようかというときに、大声をあげる。このことが意味するのは、加害者の協力者も、そして被害者であるマーゴ自身も、ナチスに捕えられるということだ。彼女の最期を小説は次のように描写している。「一年後、祖国よりも東の国の、鉛色の空の下で、彼女は死亡した。丸裸にされた名もない人々のなか、マーゴ自身も裸の状態で」(176)。ここでは、語り手と対象者マーゴとの距離は保たれており、過度な感情移入はおこなわれてはいない。と同時に、当事者であるマーゴの声は奪われてはいない。(実際マーゴはたとえ死を意味することになっても「大声をあげて」いた。)だからこそ一層マーゴの死の痛ましさが、読者には痛感されてくる。

結び

メモリー研究に携わるマリアンヌ・ハーシュは、自身を含めたホロコースト体験者の次の世代である第二世代の人々の記憶を「ポストメモリー」と定義して(『ポストメモリー』4)、記憶とは、直接の体験をしていない人々にも伝達できるものとしている(3)。記憶の伝達の手段となるのは、個人が所有する写真や(『家族のフレーム』では家族写真が分析対象)、口承されて世代間で伝わってきたストーリー、絵や漫画などのイメージ、生育過程で身につけた態度などである(『ポストメモリー』5)。つまりポストメモリーには「想像力」が介入する余地が大きいというのが特徴なのだ。この概念を利用すれば、議論含みの「当事者性」という問題を解消して議論ができるのではないだろうか。フェミニストのハーシュはメモリー研究にフェミニズムの視点を入れることで得られる利点を、以下のように挙げている。「学問と政治運動を統合できる。日常生活の細かな点に目を向けられる。歴史上のさまざまなカタストロフィーにとらわれてしまった人々の被傷性に敏感であり続けられる」(16)。キャリル・フィリップスの作品においては、排他的な社会のなか、孤独から精神的な病を患う女性がたびたび登場する。『血の性質』以降はユダヤ人の表象はほぼ見られなくなったものの「精神を病む女」のテーマは執拗に探求されている。したがって、ハーシュが提唱する読みの実践をフィリップス作品でおこなうことは、有効な批評となろう。

文学作品に対して閉鎖的ではなく開かれた読みをおこなうことは、よりよい社会への可能性を提示することにつながるだろう。ユダヤ人の問題はユダヤ人だけの問題とし、黒人の問題は黒人のみの問題とするのではなく、お互いのトラウマ的経験をお互いに共有して連帯を結ぶことができるならば、過去の災害やジェノサイドが繰り返される危険性は減少するのではないだろうか。

註

（1）オセロやデズデモーナという固有名詞は作品では一切出てこない。これは一九六六年にカリブ系の女性作家ジーン・リースがシャーロット・ブロンテの『ジェイン・エア』（河島弘美訳 岩波文庫 二〇一三年）の後続作品『サルガッソーの広い海』（小沢瑞穂訳 河出書房新社 二〇〇九年）を創作したときに用いた方法である。作品ではジェイン・エアやロチェスターという固有名詞はなく、バーサ・アントワネット・メイソンという名称が唯一、両者の作品をつなぐ仕掛けとなっている。

（2）小林英里（二〇一九年）を参照。論文では、複数の時代をつなぐ手法として「換喩的連想」という小説技法が指摘されている。

（3）フィリップスの『より高い土地』の第二部で主人公の黒人青年のルーディは、自己の獄中生活を語るのにイギリス軍により解放されたベルゲン＝ベルゼン収容所を指す「ベルゲン」という表現を幾度となく用いている（六九、八四、一四五）。またナチス・ドイツのたとえも頻繁に使われる。看守のことを「ゲシュタポ警察」（一二七）と呼び、独房は二十四時間明かりがつけられていて、その状況を「ナチス・ドイツでは拷問のため明かりを消さなかった」（七二）点にたとえている。

（4）代表作は *Wolf Hall* (2009)（『ウルフ・ホール』宇佐川晶子訳　早川書房　二〇一一年）と *Bring Up the Bodies* (2012)（『罪人を差し出せ』宇佐川晶子訳　早川書房　二〇一三年）で、それぞれブッカー賞を受賞している。

（5）リーデントによると、あるインタビューでフィリップスは以下のように述べたとのことである。「トマス・ハーディやトルストイという男性作家たちが、『ダーヴァヴィル家のテス』や『アンナ・カレーニナ』を書いたからといって、作家としてのアイデンティティを詮索されたことがこれまであっただろうか。『オセロ』や『ベニスの商人』において黒人とユダヤ人の登場人物に焦点を当てたからといって、シェイクスピアの芸術上の真性に疑問を付されたことがあっただろうか」(153)。『血の性質』以降、フィリップスのおもだった小説にはユダヤ人表象が見当たらないのは、マンテルの書評がなんらかの意味でフィリップスに影響を与えたからだろうか。ただし、精神を病む白人女性については、執拗なほどの追求がなされている。

(6) 南アフリカ出身の小説家で二〇〇三年のノーベル文学賞受賞者。*Life and Times of Michael K* (1983)(『マイケル・K』くぼたのぞみ訳　筑摩書房　一九八九年) および *Disgrace* (1999)(『恥辱』鴻巣友季子訳　早川書房　二〇〇〇年) でそれぞれブッカー賞を受賞。同賞始まって以来のダブル受賞者となった。

(7) Cathy Caruth, ed., *Trauma: Explorations in Memory* (Baltimore: Johns Hopkins University Press, 1995), (『トラウマへの探求——証言の可能性と不可能性』下河辺美知子訳　作品社　二〇〇〇年); *Unclaimed Experience: Trauma, Narrative, and History* (Baltimore: Johns Hopkins University Press, 1996), (『トラウマ・歴史・物語——持ち主なき出来事』下河辺美知子訳　みすず書房　二〇〇五年). Shoshana Felman, *Testimony: Crises in Witnessing in Literature, Psychoanalysis, and History* (London and New York: Routledge, 1992). Geoffrey Hartman, *Holocaust Remembrance: The Shapes of Memory* (Cambridge; Massachusetts: Basil Blackwell, 1994).

(8) Dominick LaCapra, *Writing History, Writing Trauma* (Baltimore: Johns Hopkins UP, 2001).

(9) カルース著作の日本語訳は拙訳である。

(10) 直接フィリップス作品への言及はないものの、批評の方向性を同じくしているのがマックス・シルバーマンである。シルバーマンはフランスの歴史学者のピエール・ノラの「記憶の場プロジェクト」(1985–92) について言及し、彼の「記憶の場 (sites of memory)」という概念が静的であるために、新たに「記憶の結び目 (knots of memory)」という動的な概念を考え出して、その結び目では記憶が多層に連なり影響を及ぼし合う「混交的な場」(4) であるとしている。そのうえでフランス語圏の小説や映画を論じている。結び目は放射線状に広がりうることから、ロスバーグの「多方向の記憶」という概念と親和性が高い。

引用文献

Cathy Caruth, ed. *Trauma: Explorations in Memory*. Baltimore: Johns Hopkins UP, 1995.

——. *Unclaimed Experience: Trauma, Narrative, and History*. Baltimore: Johns Hopkins UP, 1996.

J. M. Coetzee. "What We Like to Forget: *The Nature of Blood* by Caryl Phillips." *The New York Review*. Nov. 6, 1997. pp. 38–41.

Craps, Stef. *Postcolonial Witnessing: Trauma Out of Bounds*. Basingstoke: Macmillan, 2012.

Hirsch, Marianne. *Family Frames: Photography Narrative and Postmemory*. Cambridge, Massachusetts and London: Harvard UP, 1997.

——. *The Generation of Postmemory: Writing and Visual Culture After the Holocaust*. New York: Columbia UP, 2012.

加藤恒彦『キャロル・フィリップスの世界——ブラック・ブリティシュ文学の現在』世界思想社、二〇〇八年。

小林英里「ポストアウシュヴィッツ文学の可能性——修辞がつなぐホロコースト、植民地主義、ヨーロッパの日本人留学生——」、『*Facets of English* ——英語英米文学研究の現在』風間書房、二〇一九年、二二三—二五四頁。

Ledent, Benedicte. *Caryl Phillips*. Manchester: Manchester UP, 2002.

Mantel, Hilary. "Black is not Jewish." *Literary Review*. February, 1997. pp. 38–39.

Phillips, Caryl. *Higher Ground: A Novel in Three Parts*. New York: Viking, 1989.

——. *Crossing the River*. New York: Alfred A. Knopf, 1994.

——. *The Nature of Blood*. London: Faber and Faber, 1997.

Rothberg, Michael. *Multidirectional Memory: Remembering Holocaust in the Age of Decolonization*. Stanford: Stanford UP, 2009.

Silverman, Max. *Palimpsestic Memory: The Holocaust and Colonialism in Francophone Fiction and Film*. New York and Oxford: Berghahn, 2013.

Whitehead, Anne. *Trauma Fiction*. Edinburgh: Edinburgh UP, 2004.

作家・作品紹介

作家紹介

モーシン・ハミッド (Mohsin Hamid, 1971–)

モーシン・ハミッドはパキスタンの作家でラホールに生まれる。三歳から九歳まで一家はアメリカで暮らした。大学教授の父が博士号を取得するためスタンフォード大学にいたからである。帰国後、アメリカン・スクールに学ぶ。一八歳の時、アメリカに留学する。プリンストン大学に学び一九九三年、優等生としてプリンストン大学卒業。そこではトニー・モリソン、ジョイス・キャロル・オーツの指導の下で創作学を学んだ。モリソンの指導のもと『蛾の煙』の初稿を書いた。一九九七年ハーヴァード法科大学院修了。経営コンサルタントの職歴もある。これまでに四編の小説を書いた。

㈠『蛾の煙 (*Moth Smoke*)』(二〇〇〇)。㈡『不本意な原理主義者 (*The Reluctant Fundamentalist*)』(二〇〇七)。アメリカで勉強してそこの会社で働くのはよいが、パキスタン人なのだからアメリカの「傭兵」になってはならない、というテーマ。㈢『興隆するアジアで汚い金持ちになる方法 (*How to Get Filthy Rich in Rising Aisia*)』(二〇一三)。金持ちになりたいなら田舎から都会に出てきて勉強して金持ちになるのはよいが、田舎にいる時もっていた「こころ」を失わないようにと説く。㈣『出口は西 (*Exit West*)』(二〇一七)。一種のファンタジー。アジアのどこかイスラム国で異なる宗派が内戦をしている。身の危険を感じて中心人物の男女が西欧に逃げ、ロンドンに行く。そのあとサンフランシスコ付近の島に住む。イスラム教国から西欧圏への脱出願望の寓話か。その他にエッセイ集『不満とその文明・ラホールからの至急報 (*Discontent and Its Civilizations:Despatches from Lahore*)』(二〇一四)。文学や社会についてのエッセイ。(倉持三郎)

カーレド・ホッセイニ (Khaled Hosseini, 1965–)

アフガニスタンのカブールで一九六五年に生まれた。父親は外交官で、母親はカブールの高校でファルシ語と歴史を教えていた。一九七六年に父親の赴任に伴い一家でパリへ移住。一九八〇年にカブールへ帰任することになっていたが、共産革命とソ連軍の侵攻に、一家はアメリカ合衆国に政治亡命を申請し、許可されカリフォルニア州、サンノゼに移住。一九九三年にカリフォルニア大学サンディエゴ校医学部にて医学の学位を取得。ロスアンジェルスのシダーズ・サイナイ医療センターで医師研修期間を修了し、一九九六年から二〇〇四年まで内科医として勤務した。

二〇〇一年三月に内科医として勤務するかたわら最初の小説『君のためなら千回でも』*The Kite Runner* を書き始め、二〇〇三年に Riverhead Books にて出版された。この小説は、カブールのパシュトゥーン人の少年アミルとその家のハザラ人の召使の子ハッサンの友情と、ある事件をきっかけとした別離と悔恨および贖罪を軍事クーデター・ソ連軍の侵攻・タリバン政権・アメリカ軍の空爆を背景に描いたもの。『千の輝く太陽』*A Thousand Splendid Suns* (2007) は二作目。三作目の『そして山々はこだました』*The Mountains Echoed* (2013) は一九五二年から約六〇年にわたるアフガニスタンを背景に、貧しさゆえに農夫サブールがカブールの裕福な子のない夫妻に売ることになる三歳の娘パリとその一〇歳の兄アブドルをめぐるできごとが九つの章で様々な人物によって語られる短編集のような趣を持った作品である。以上三作は、七〇か国以上で出版され四千万部以上を売り上げたという。近作には、内戦で難民になった父と子の物語を、父から息子に宛てた手紙の形式で描く絵本 *Sea Prayer* (2017) がある。

二〇〇六年に国連難民高等弁務官事務所 (UNHCR) の親善大使に任命され、アフガニスタンを訪問した。その訪問に触発され、のちに非営利団体のカーレド・ホッセイニ財団を設立し、アフガニスタン国民に対して人道支援をしている。現在カリフォルニア州北部在住。（薄井良治）

コルム・トビーン (Colm Tóibín, 1955–)

コルム・トビーンはアイルランド南東部、ウェックスフォード州のエニスコーシーの生まれ。祖父は共和軍のメンバーとして一九一六年の復活祭蜂起に参戦し、父親も郷土史家で共和党の支持者である。政治と関りのある一家であった。一九七五年にアイルランドのユニヴァーシティ・カレッジ・ダブリンを卒業後、アーネスト・ヘミングウェイの作品の影響を受け、スペインのバルセロナで英語教師として働き、さらに南米のアルゼンチンなどで暮らしながら創作を試みた。現在はコロンビア大学の創作科の教授・リヴァプール大学名誉学長。主要な作品としては、小説が九作、短篇集が二作、ノンフィクションは二〇作以上もある。各種の文学賞を受賞している。『ブルックリン』（二〇〇九）はコスタ小説賞の受賞作。

トビーンの関心の領域は広い。処女作の『サウス』（一九九〇）は、他国であるスペインのバルセロナを舞台としている。その一方、『ヒース燃ゆ』（一九九二）や『ブラックウォーター』（一九九九）では、故郷エニスコーシーを中心に複雑なアイルランド事情を描いてみせている。また『巨匠』（二〇〇四）では、アメリカからヨーロッパへと離脱した作家、ヘンリー・ジェイムズの航跡を巧みに綴っている。さらに『ノーラ・ウェブスター』（二〇一四）では、寡婦の苦悩を抉ってみせた。トビーンは海外で暮らしている間にアイルランドに郷愁を覚えたというが、逆にその経験を通して、他国からアイルランドに移住してきた、マイノリティとしての人々の心の痛みを知ることになったのだろう。同性愛という彼の性向とも関りがあるかもしれない。

『ブルックリン』はそうした作品群と比較すると面白い。ジャーナリストとしての経験も豊富であるため、小説における歴史と虚構を連結させるトビーンの手法は見事である。アイルランドは古くから多くの移民を送り出す国として知られている。が、そうした出来事に健忘症になっているアイルランド人も多い。『ブルックリン』ではそうした背景も織り交ぜながら、アイルランドからの移民と同時に、国民の外国人嫌悪を問うている。アメリカという新天地の変貌をも見事に取り込み、移民したアイルランド人たちが抱えた文脈も再考した作品だ。（結城史郎）

ノヴァイオレット・ブラワヨ (NoViolet Bulawayo, 1981–)

ノヴァイオレット・ブラワヨ（一九八一―）は本名Elizabeth Tsheleといい、ジンバブエのブラワヨに生まれ育つ。地元の高校卒業後、アメリカのカラマズー・ヴァレー・コミュニティ・コレッジなどを経たあと、二〇一〇年にコーネル大学で創作学科の修士号を獲得。修了と同時にトルーマン・カポーティ・フェローシップを受けた。以後処女短編「スナップショット」（二〇〇九）の後に書いた短編「ブタペスト襲撃」（二〇一〇）を核にした処女小説『あたらしい名前』（二〇一三）を出版、アフリカ人女性としてはじめてマン・ブッカー賞の最終選考リストにノミネートされた。第二作は *Country Country* (Chatto & Windus, 2020) が予告されている。

ジンバブエ（当時のローデシア）を扱った文学者ではドリス・レッシングの『黄金の手記』（一九六二）が有名である。が、ジンバブエ出身の作家では、チムレンガ（ジンバブエの解放闘争）を描いた『茨の収穫』（一九八九）のシマー・チノーディアや『骨』（一九八八）のチンジェライ・ホーヴェがいる。さらにはローデシアの時代から今日までを女性の視点で描く『燃える蝶』（一九九八）のイヴォンヌ・ヴェラ、独立後のジンバブエの同時代の問題をとりあげる実存主義的な『飢餓の家』（一九七八）のダンブゾ・マレチェラ、フェミニズムの視点にたつ『不安な状況』（一九八八）のツィツィ・ダンガレンガなどがいる。そうしたなかでブラワヨのジンバブエ文学での立ち位置はといえば、舞台をアメリカに移しており、国際性という新しさを加味している点で、その最前列に位置するということになろうか。（大熊昭信）

ヴァージニア・ウルフ (Virginia Woolf, 1882–1941)

『英国人名事典』の編纂者としても著名な批評家・伝記作家・哲学者のレズリー・スティーヴン（一八三二―一九〇四）と、妻ジュリアの第三子として一八八二年にロンドンに生まれる。ヴァージニアは、姉のヴァネッサ、兄のトービー、弟のエイドリアンに加え、ジュリアが前夫ハーバート・ダックワースとの間にもうけた三人の姉と兄（ジョージ、ステラ、ジェラルド）という大家族の中で子供時代を過ごす。教育は主に両親によって家庭で行われ、彼女は父の膨大な蔵書を読みあさりながら育った。彼女の作品や評論に見られるおびただしい知識と鋭い洞察力は、この家庭環境の中で培われたと考えられる。

兄トービーはケンブリッジ大学を卒業後、腸チフスで夭逝するが、彼の大学時代の友人たちが中心となって作った議論の場は、のちにブルームズベリー・グループへと発展する。このグループは二〇世紀英国における知的集団であったばかりでなく、ヴァージニアが新しい知識を吸収し、自らの思考を多角的に成長させた、まさに彼女の知的母胎と言える場でもあった。特に、このグループのメンバーでもあり、一九一〇年から二度に渡たる後期印象派展開催に尽力したロジャー・フライやクライヴ・ベルの美学的思想は、『灯台へ』（一九二七）の画家リリー・ブリスコウの芸術思想に大きく反映されている。

一九一二年に兄の友人だったレナード・ウルフ（一八八〇―一九六九）と結婚し、処女作『船出』（一九一五）を出版する。一九一七年に夫妻でホガース・プレスを設立。以後、彼女の作品はここから出版される。『ジェイコブの部屋』（一九二二）、『ダロウェイ夫人』（一九二五）以降、モンタージュや意識の流れ、内的独白などの手法を駆使しながらさまざまな小説上の実験を試み、イギリス・モダニズムを代表する作家となる。中でも自伝的要素の強い『灯台へ』は、意識の流れの手法を用いて一〇年に渡る時空間を描いた彼女の代表作である。さらに『波』（一九三一）では内的独白を用いて六人の登場人物の人生を描き、その後の『歳月』、『幕間』を含め、文学表現への果敢な挑戦を続けた。また、『一般読者』（一九二五、三二）、『自分だけの部屋』（一九二九）、『三ギニー』（一九三八）などの評論では、社会における女性の立場について多く論じ、フェミニズムの分野においても非常に重要視されてきた。

　一九四一年、生涯彼女を苦しめた精神疾患により、『幕間』を書き上げたのちウーズ川に入水、五九年の人生に幕を閉じる。（奥山礼子）

グレアム・グリーン（Graham Greene, 1904–91）

　グレアム・グリーンは、一九〇四年一〇月二日にイギリスのバーカムステッドに生まれる。父のチャールズ・グリーンはバーカムステッド校の校長であった。母のメアリアンは作家ロバート・ルイス・スティーヴンソンの実の従妹で、聡明であった。グリーンは、父が校長を務めるハーカムステッド校で辛辣ないじめに遭い、感受性が強かったこともあり、自身の内面世界へと没入し、一六歳頃には精神分裂が頂点に達した。

　一九二二年に、オックスフォード大学のベイリオル・コレッジに入学する。一九二五年に大学を卒業した年、妻になるヴィヴィアン・デイレル＝ブラウニングと出会う。翌二六年のグリーンのカトリック改宗において、彼女の影響は決して小さくなかった。グリーンは、カトリックを生涯信仰することになり、罪や贖罪の考え方、恩赦への希望が彼の意識に強く根を張ることになる。彼の小説群にはこの影響で宗教や倫理のテーマが中心となる。

一九二九年には、若者の内面退行と若者が大人（世界）による罪に導かれる世界をテーマとした『内なる人』を出版する。この小説の特徴は『静かなアメリカ人』（一九五五年）にも共通している。しかし、第二作『行動の名』（一九三〇年）と第三作『夕暮れの噂』（一九三一年）は販売実績が伸びず、生活上の事由から、グリーンは第四作『イスタンブール特急』（一九三二年）で〈娯楽もの〉（エンターテイメント）を書き始める。広く読者に迎合をされんとする意図から、オリエント・エクスプレスでの〈スリラー〉物を書いて映画化され、名声を得た。

一九三四年にはヨーロッパ旅行に出かけ、一九三八年にはカトリック的テーマを扱う『ブライトン・ロック』を出版する。『力と栄光』（一九四〇年）も外国経験を元に書かれている。

一九四〇年代には、政府の諜報機関 (Secret Intelligence Service, SIS) に入る。この時期、二重スパイで知られるキム・フィルビーと親しくなっている。

『事件の核心』（一九四八年）、『第三の男』（一九五〇年）、『情事の終わり』（一九五一年）などの作品が生み出され、信仰の問題が情事の問題とも複雑に絡むことになる。旅行を続けるグリーンがヴェトナム訪問を元に書いた作品が『静かなアメリカ人』となる。彼は、二〇世紀を代表する作家であり、カトリック作家としても評価は高い。（外山健二）

キャリル・フィリップス (Caryl Phillips, 1958–)

一九五八年カリブ海諸島のセント・キッツ島の生まれ。生後四ヵ月で両親とともにイギリスへ渡り、北部リーズに移り住む。白人労働者の居住地区で成長し、ほとんど中産階級の白人の子どもたちばかりの学校に通う。オックスフォード大学クィーンズ・カレッジに進学。最終学年にアメリカを訪問し、ここ米国での滞在がブラック・ブリテッシュ作家キャリル・フィリップス誕生の契機となったとされる。

一九八〇年、処女戯曲『奇妙な果実』(*Strange Fruit*) が北部の都市で上演される。一九七〇年代のイギリスの工業都市におけるカリブ系移民の母子関係の葛藤をテーマとする。八二年には第二作『暗闇のあるところ』(*Where There is Darkness*) と、翌八三年には第三作『シェルター』(*The Shelter*) がロンドンで上演された。

一九八五年に処女小説『最終航路』(*The Final Passage*) を発表し、マルカムX賞を受賞した。八六年に出された小説第二作『独立の状態』(*A State of Independence*) は、政治独立後のセント・キッツ島へ帰還する男の物語である。八七年の随想集『ヨーロッパ部族』の出版を経て、一九八九年に三つの中編小説から成る『より高い土地』が出版される。西アフリカの宣教活動に協力する黒人通訳者にかんする物語、公民権運動時代のアメリカで投獄された黒人青年の物語、ナチスから逃れてイギリスへ渡ったユダヤ人女性の物語が、小説では扱われている。ここでの三つの物語は、その後の一連の小説で、主題としてより詳細に検討されていく。『ケンブリッジ』(*Cambridge*, 1991)、『川を渡って』(*Crossing the River*, 1993)、『血の性質』(*The Nature of Blood*, 1997) そして『闇に舞う』(*Dancing in the Dark*, 2005) などである。

ノンフィクションとしては、一九九七年の黒人による書き物を編纂した『突出したよそ者たち』(*Extravagant Strangers*)、九九年のテニスに関する随筆集『ライト・セット』(*The Right Set*)、二〇〇〇年の『アトランティック・サウンド』(*The Atlantic Sound*)、二〇〇一年の『新しい世界のかたち』(*A New World Order: Selected Essays*)、二〇〇七年には『外国人』(*Foreigners*)、二〇一一年には『ぼくをイングランドの色にして』(*Colour Me English*)が出ている。

最近の小説には二〇〇三年の『はるかなる岸辺』(*A Distant Shore*)、二〇〇九年の『舞い散る雪のなかで』(*In the Falling Snow*)があり、二〇一五年には『ロスト・チャイルド』が出版される。最新刊は二〇一八年の『黄昏時の英帝国の眺め』(*A View of the Empire at Sunset*)であり、これはカリブ系女性作家ジーン・リースの伝記小説となっている。(小林英里)

作品紹介

モーシン・ハミッド『蛾の煙』(Moth Smoke, 2000)

この作品は英連邦国の三五歳以下の作家の処女作に与えられるベティ・トラスク賞を受賞している。舞台はパキスタンのラホール。時期はパキスタンが初めて核実験をした一九九八年のころ。中心人物はダルー（ダラシコー・シェザード）である。彼はパキスタンの大学を卒業した。幼い時からの友人でアメリカの大学を卒業したオーズィーの父の紹介である銀行に就職した。パキスタンではアメリカの大学を卒業しないと一流企業に就職できないから、その意味ではダルーは幸運であった。ダルーの父はオーズィーの父と士官学校が同期である上、一九七一年の第三次印パ戦争に同じく出征した。ダルーの父は戦傷で死亡したが、オーズィーの父は息子と同じ年に生まれたダルーをわが子のように思い経済的に援助して銀行に就職までさせてやった。ところがダルーは銀行に莫大な預金をもつ大地主の不興を買って支店長に馘首されてしまう。

どこかに就職したいと思いながらもアメリカの大学の学位を持っていないので大企業は相手にしてくれない。前から麻薬入りのタバコを愛用していて麻薬の仲介者を知っていたので麻薬の売買で金を稼ぐことになった。麻薬の仲介者に誘われて高級洋品店に強盗に入る。ダルーはガードマンにピストルを突きつけて通報させない役目であったが母親と一緒にいた子供が外に出ようとしたので発砲し殺してしまう。

警察に逮捕され裁判にかけられるが、それは強盗に入る前に車で少年をはねたオーズィーの身代わりにされたからだ。オーズィーの父に世話になっているので、オーズィーに頼まれた時断れなかった。

オーズィーは父の財産を「資金洗浄」とか遠隔地の課税回避地を利用して守ることに専念する。ダルーにひき逃げの罪をかぶせて、自分はこれからも富豪として栄えて行くだろう。

オーズィの妻マムタツはズルフィカー・マントーという筆名で女性の差別を批判する文を発表する。夫に飽き足らずダルーを愛し、関係を持つ。子供のために家庭を壊したくないと思っていたが、夫がダルーにひき逃げの罪をかぶせたのを知って別居を決意する。（倉持三郎）

カーレド・ホッセイニ『千の輝く太陽』(*A Thousand Splendid Suns*, 2007)

アフガニスタンのヘラートに住むマリアムは、実業家のジャリルとその家の召使をしていたナナとの娘で、ナナと粗末な庵で暮らしていた。マリアムは、一五歳の誕生日に父親の映画館で『ピノキオ』を見る約束を反故にされると、母の制止を訊かず、父の家に会いに行くが、入れてもらえず帰庵すると、母親は自死していた。ジャリルは、正妻たちに押し切られ、彼女をカブール在住の三〇歳も年上の靴職人の寡男、ラシードに嫁がせる。当初優しかった夫は、マリアムが流産を繰り返すうちに、次第に暴力的になっていく。

マリアムとラシードの近所に住む数学教師のハキムとファリバの間にライラという女の子が誕生する。ファリバは、二人の息子をソ連との戦争で失うと生きる気力を失う。そんな時、ライラに優しかったのが、幼馴染でソ連との戦争で片足を失って帰還したタリクとその両親であった。ライラとタリクはやがて恋人同士に。ソ連撤退後のムジャーヒディーンの内紛のなか、タリク一家はパキスタンに脱出する。別れ際、二人は結ばれ、マリアムは妊娠する。彼女の両親は、ロケット砲弾で亡くなり、ライラも負傷。その介抱をしたのはマリアムとラシードであった。両親を失い、妊婦のマリアムは、ラシードの求婚を受け入れ、生まれてくる子供は彼の子と思わせ育てることを決意。その子供は女の子でアジザと名付けられるが、男の子を熱望するラシードから疎まれる。嫉妬心から当初ライラにつらく当たっていたマリアムは、ラシードの暴力の被害者同士の共感から親しくなり、やがて二人で彼の元から脱出を図るが、パキスタンとの国境で見つかり連れ戻される。

タリバンが台頭すると、人々にイスラムの厳格な教義を強要し、女性の権利も後退する。粗末な医療設備の病院でライラはラシードとの息子、ザルマイを出産。干ばつ、さらには靴工房の火災などで、一家は困窮し、アジザを孤児院に入れる。ラシードの奸計で死んだと伝えられていたタリクにマリアムは再会。ラシードはそのことに激怒し、ライラに暴力を振るう。マリアムはライラを救うためスコップでラシードを殴り殺し、ライラと子ども達を逃がし、自らは自首し処刑される。

タリバン政権崩壊後、タリクとともにカブールへの帰途の際、ライラはマリアムが育った村を訪れ、ジャリルがマリアムにあてて書いた手紙と『ピノキオ』のＶＨＳ、そしてお金をマリアムの恩師の息子から渡される。カブール帰還後、かつてザルマイがいた孤児院を学校にし、教師となるライラ。彼女は再び妊娠するが、女の子が生まれたらマリアムと名付けるつもりである。（薄井良治）

コルム・トビーン『ブルックリン』(*Brooklyn*, 2009)

物語は四部で構成されている。第一部は一九五〇年代のアイルランドの南東部、ウェックスフォード州のエニスコーシーで始まる。経済が低迷しているため、主人公アイリーシュ・レイシーは、若い娘でありながら、定職に就いていない。三人の兄たちはイギリスで働き、彼女は母と姉と暮らしている。姉は三〇歳ほどの独身女性で、一家の生計の柱となっている。そんなアイリーシュのために、アメリカから休暇で帰国していたフラッド神父が、彼の教区への移住を提案する。こうして彼女は一週間の船旅の末、ブルックリンに到着し、デパートで売り子として働くことになる。

第二部はアイリーシュのブルックリンでの暮らしを描いている。彼女はアイルランドから移民してきた女性たちの下宿に住みながら、デパートの売り子としての仕事に励む。アイルランドへの郷愁を抱き、心が沈むこともあったが、フラッド神父に見守られながら、異国の地での暮らしに次第に溶け込む。そしてデパートの売り子をしながらも、夜学で簿記と会計の勉強をする機会を与えられ、都合を見てはフラッド神父の慈善事業にも協力する。

第三部はアイリーシュのブルックリンでの暮らしへの順応が語られている。彼女は仕事にも慣れ、夜学の一年目の試験も無事にパスした。このころダンス・パーティで、イタリア系の鉛管工トニー・フィオレロと知り合い、彼の家庭に招待されるまでになる。海水浴にも連れて行ってもらい、二年目の夜学の試験の準備もうまく進行していた。そんな折、姉の死亡の知らせが届く。寝ている間に心臓発作を起こしたという。夜学の試験も終わり、アイリーシュは故郷での不幸に鑑み、一ヶ月の休暇をもらい、アイルランドへ旅立つことにする。その前にトニーと密かに結婚をする。

第四部は郷里に戻ったアイリーシュの心の動揺が中心となっている。垢抜けしたアイリーシュにみなが驚く。姉の代理として経理の仕事も任される。そしてジム・ファレルという青年に心惹かれ、交際することになる。彼はパブ経営者の息子である。こうして彼女はトニーのことを忘れ、郷里での滞在を延期する。そんなある日、ブルックリンの事情を知るという意地の悪い女性から、ブルックリンに恋人がいるのではないかと仄めかされる。かくして彼女は母親に結婚していることを告げ、急いでブルックリンへ戻る。なお、本作品は二〇一五年に映画化されている。（結城史郎）

ノヴァイオレット・ブラワヨ『あたらしい名前』(*We need New Names*, 2013)

『あたらしい名前』は主人公ダーリンの一〇歳から一七歳までの成長の記録である。ここでは本文と重ならない程度に読解のための参考資料として事実を挙げておこう。

構成は全一八章からなるが、第一章から第九章がジンバブエの生活、第一〇章が移住、第一一章から第一八章がミシガンでの生活となっている。前半は伝統文化と西洋文化の混在する祖国での通学もままならず空腹を抱えながら悪童たちと児戯に明け暮れる日々の話。後半はアメリカへ出稼ぎに出ている叔母をたよってミシガンに移住後の学生としての生活の話だ。語り手は視点人物として「私」Darling が採用されているが、第一〇章は第三者、第一六章は老人施設の老人の語りとなっていて小説的な技巧が窺える。

この作品にはジンバブエの歴史的背景がきちんと書き込まれている。それは南ローデシア（一八九〇年）の植民から始まって、一九六三年のローデシア独立、第一次第二次の解放闘争チムレンガをへて、一九八〇年のジンバブエの独立、その後独立の立役者ムガベの独裁にいたる歴史である。そのムガベ独裁下での恐ろしいインフレに悩まされるさまが、主人公の子どもたちの飢えや大人たちの困窮に丹念に描かれている。

地理的背景はといえば、ジンバブエの第二の都市ブラワヨと思われるが、Paradise（スラム地区）、Budapest（白人地区）、Fumbeke（教会）、Heaven Way（墓地への道）などの地名は虚構だろう。後半はアメリカのミシガンに舞台を移すが、その地名デトロイトやカラマズーやその地理的描写は事実に即するものと考えられる。

物語の時間は、ダーリン一〇歳（二〇〇四年〜二〇〇五年）のころが仲間と遊んだ日々であり、ボンフリーの葬儀が二〇〇八年（ダーリン一三歳〜一四歳）。その後ミシガンに移住するダーリンは八年生となり、その翌年には高校進学（一四歳〜一五歳）する。その間にジンバブエのインフレ（二〇〇〇年の白人の土地の強制収用以後の経済制裁による）やビンラディン暗殺の日などが言及されながら、翌年秋大学に進学（ダーリン一六歳〜一七歳）までがこの小説の扱う時間ということになる。（大熊昭信）

ヴァージニア・ウルフ『オーランドー』(*Orlando, A Biography*, 1928)

この作品は、ヴァージニア・ウルフが一九二二年から愛と友情を育んだヴィタ・サックヴィル＝ウェス

ト (Vita Sackville-West, 1892–1962) をモデルとしたファンタジー小説である。主人公オーランドーがエリザベス朝から現代（一九二八年）に至るまで生き続け、その間、男性から女性へと性を転換するという奇抜なストーリーが展開される。

物語は、オーランドーがエリザベス一世に寵愛される、脚の美しい魅力的な一六歳の少年に成長したエリザベス朝に始まる。大寒波に襲われたジェイムズ一世朝のロンドンに、モスクワ大公国大使一行と共に戴冠式出席のためにやって来たプリンセス・サーシャに、オーランドーは今までにない深い愛を感じるが、彼女は二人で出奔しようという約束を反故にし、ロシアに帰国してしまう。オーランドーはひどく絶望し、一週間昏睡状態で眠り続けたあと、詩や戯曲などの創作に打ち込むようになる。そんな中、ルーマニアの皇女ハリエット・グリゼルダに心を動かされるが、彼女につきまとわれるようになり、チャールズ二世に特任大使としてコンスタンティノープルに派遣してもらう。オーランドーはこのオリエントの地で女性へと性を転換する。その後、ジプシーの老人ラスタムの導きで、ジプシーたちと生活を共にするようになり、所有の概念を持たない彼らの価値観から大きな影響を受ける。ジプシーがこの作品で重要な役割を担うのは、ヴィタにジプシーの血が流れているという事実に基づくと考えられる。

英国に戻ったオーランドーは、英国女性として振舞うなかで、英国社会がいかに男女を階層化した男性中心の社会であるかを実感する。さらに時代を生き続け、一九世紀の時代精神に屈服したオーランドーは、郷士マーマデューク・ボンスロップ・シェルマーダインと結婚する。彼女は肉体においては女性になったが、精神においては男女両性を併せ持っていた。この両性具有の精神の結実のためか、三百年以上も書き続けてきた詩「樫の木」を完成させ、成功を収める。そして彼女は男子を出産する。最終場面で、エリザベス朝から現代までの時空間が彼女の心に蘇り、同時に、彼女の価値観を揺るがせたジプシーのラスタムの言葉が聞こえてくる。彼女は野生の雁を見ながら、時を知らせる鐘の音を聞く。その最後の鐘が「一九二八年一〇月一一日、木曜日の真夜中」を知らせたとき、オーランドーとウルフ自身の時間が一致し、この物語は幕を閉じる。

この作品は「ウルフのヴィタへの長いラブレター」と言われるが、このファンタジーの背後には、『自分だけの部屋』に見られるウルフの文学創作についての考えや、『三ギニー』での男性中心の英国社会への批判の萌芽が窺われる。（奥山礼子）

グレアム・グリーン『静かなアメリカ人』(*The Quiet American*, 1955)

『静かなアメリカ人』（一九五五年）は第一次インドシナ戦争を題材にした小説であるが、複層的なプロットが織り交ぜられている。一つは、ヴェトナム人女性フォングと、イギリス人報道記者トマス・ファウラーとアメリカ人オールデン・パイルとの三角関係にみる恋愛物語という側面である。もう一つは、パイルの殺害を中心に展開する推理小説ともいえる側面である。全体的な構造からすれば、ファウラーを一人称の語り手として回想的に綴られていく推理小説であり、殺害の真相を解きほぐすことで物語が展開し、そのなかで恋愛物語も入り込んでいく。その舞台の大きな枠は、第一次インドシナ戦争という史実である。

一九五〇年代特有の〈内面〉退行への、人間の不条理の存在、人間の〈実存〉の在り方をめぐる潮流の中に『静かなアメリカ人』も位置づけることができる。この小説では、フォングとの〈不倫〉関係にも何らの救いも見出せず、無為と思われることに肉体を摩耗させながらも、そこに精神を傾注させていくという不条理さが余すところなく描写され、〈不倫〉をしても不毛な気持ちに苛まれ続けたパイルの心理が読みとれる。

パイルの死後、彼のアパートを訪れたファウラーは、書斎において、アメリカの学者ヨーク・ハーディングの全著作と思われる『赤い中国の前進』、『デモクラシーへの挑戦』、『西欧の役割』の三冊を発見する。それらは〈オリエント〉に関する政治研究を行い、〈オリエント〉を民主主義によって勝ち取るという信念によって、共産主義より〈オリエント〉を守るという捉え方を可能にするような書物だった。そこには〈第三勢力〉によるデモクラシーによってヴェトナムを救うという〈秘かな〉スパイのパイル像が可視化されている。

一方、ヴェトミン（大衆組織のヴェトナム独立同盟会）の砲撃が始まり、ヴェトナム少年の声を聞く、ファウラーの姿も描かれている。それは、カトリック作家グリーンの恩寵に対する信仰が反映される一場面と解される。この場面が一つの契機となり、ファウラーの〈不参加〉から〈参加〉（関与、アンガジュ）という〈巻き込まれる〉様子が明らかになる。

『静かなアメリカ人』は、〈歴史小説〉、〈恋愛小説〉、〈推理小説〉、〈スパイ小説〉、〈実存主義小説〉といったジャンルを同時に含有し、イギリス（人）対アメリカ（人）という構図を示しながら、宗教の倫理的問題を刻印する小説である。（外山健二）

キャリル・フィリップス『血の性質』(*The Nature of Blood*, 1997)

扱われている時代は一五世紀から二〇世紀までの五百年間で、描かれる場所はキプロス島、ヴェネツィア、ドイツ、アウシュヴィッツ、ロンドンなどの複数の国々や都市である。おもに三つの物語で構成される。第二次世界大戦時のホロコースト生存者のエヴァ・スターンの物語、ヨーロッパ中世末期のヴェネツィア近郊のポートヴュフォーレでのユダヤ人迫害事件、ルネサンス期の将軍オセロのデズデモーナとの結婚および夫婦のキプロス島での滞在にまつわる物語である。これらにプロローグとエピローグが加わる。プロローグではエヴァの叔父ステファン・スターンが登場し、イスラエル建国前夜のキプロスでの難民キャンプでの逸話が盛り込まれる。エピローグでは五〇年後に彼がイスラエルでエチオピア出身の黒人ユダヤ人のマルカと出会い別れるようすが扱われている。

主筋として挙げられるのはドイツに住んでいたエヴァ・スターンの物語で、彼女はナチスによる迫害によってアウシュヴィッツ絶滅収容所とベルゲン＝ベルゼン強制収容所という二つの収容所を体験して生き延びる。解放してくれたイギリス軍の男性を追ってロンドンへ渡るものの、彼に妻子があることが判明し、精神病院で自殺する。一五世紀、ヴェネツイア近郊のポートヴュフォーレという村で起きた出来事を扱った部分では、ユダヤ教の「過越の祭」の際にキリスト教徒の子どもの血が酵母の入っていないパンに混ぜられて食される噂話が紹介され、ちょうどこの時期にキリスト教徒の子どもが行方知れずとなったことが「史実」として紹介される。古くからのユダヤ人への偏見とあいまって、その子はユダヤ教徒の犠牲となったとされ、ユダヤ教徒三人が逮捕され、不公平な裁判ののちに極刑を言い渡され、刑が執行される。ヴェネツィアで展開されるオセロとデズデモーナの物語では、シェイクスピアの『オセロ』よりも前の段階が扱われる。ここでのオセロはアフリカのヨルバ族出身の男性で、王族の血筋を引いているものの妻と子を故郷に残し、傭兵の将軍としてトルコ軍と戦うためにイタリアへやってきたという設定である。雇い主の老元院宅を訪れた際にその娘デズデモーナと出会い、恋に落ち、密かに結婚し、結婚後すぐさまキプロスへ船出する。トルコ軍が嵐で遭難したことが判明すると総督に着任し、彼の地で妻を迎えるまで待つ。この物語が、オセロの視点から、時間軸とは逆にフラッシュバックの場面を取り込みながら語られる。

（小林英里）

あとがき

ほぼ三年に一回の割で刊行している二〇世紀英文学研究会編の論文集は、これで一二冊目である。今回は時局に鑑み、「現代イギリス文学と他国」という名で上梓した。

現在世界では自国第一の政策を採る国が増加している。「アメリカ・ファースト」をスローガンとして、他の主要国との協調関係を放棄しつつあるアメリカ、EUと決別して独自路線を歩もうとしているイギリス、徐々に反EUの政策をとり始め、民族主義、ポピュリズムの台頭が著しいヨーロッパのいくつかの国々、更には自国領土の拡張を図り、世界の覇権を目指す中国、こうした自己中心主義が蔓延り始めた現在の世界情勢において、改めて「他国」とはいかなるものか、「他国」との関係はどうあるべきか、といったことを考えることは重要なことであろう。本論文集はこうした観点から編まれたものであり、各執筆者の入念な「他国性」についての分析と考察の結果をお届けするものである。

序論に関して言えば、文学に見られるイギリスの「他国」との関わり合いの様相を、ごく簡単に通観してみた。序論の中でも述べたように、「他国」との関係は多面的ではあるが、イギリスの「他国」との接し方は、基本的に支配者的意識に基づくものであるとして、植民地主義、帝国主義、ポストコロニアルに絞って論じてみた。各作家の専門家から見れば、不完全な論のように思われるかもしれないが、それぞれについての一つの見方を表したものとしてお読み願えればと思う。

本論文集が刊行されるまでの過程について言えば、ほぼ三ヶ月に一回研究会を大妻女子大学千代田キャンパスで開き、各執筆者が自分の扱う作品についての発表を行い、他の会員と議論を取り交わし、その意見、批評などを取り入れ執筆した。そしてその執筆した各原稿について、査読委員（大熊昭信、結城英雄、大島由紀夫、一部、大平章、吉川信）が論文集掲載に値するかの適否を見極め、さらに修正、加筆を提案し、執筆者がそれをもとに再執筆したものを受理するという流れであった。

最後に長い間論文集の出版を引き受けていただいている金星堂の福岡正人、倉林勇雄には多大なる感謝の意を表したい。お二方のご尽力、ご協力がなければ、本論文集は生まれなかったであろう。

大島　由紀夫

二〇二〇年三月

執筆者紹介（目次順）

大島　由紀夫（おおしま・ゆきお）（一九五一～）東京教育大学大学院文学研究科修士課程修了。東京海洋大学名誉教授。著書―「ジョイスとワーグナー――『若き芸術家の肖像』と『ニーベルングの指環』」（『英米文学論集：小野協一退官記念論集』南雲堂、一九八四年）、「小さな学者たち――デイヴィッド・ロッジ『小さな世界――アカデミック・ロマンス』」（『今日のイギリス小説』金星堂、一九八九年）、「ジェイムズ・ジョイス『ユリシーズ』――第一八挿話における語り手」（『二〇世紀文学再評価』金星堂、二〇〇三年）

倉持　三郎（くらもち・さぶろう）（一九三二～）東京教育大学大学院博士課程単位取得中退。筑波大学博士（文学）。東京学芸大学名誉教授。専門は二〇・二一世紀英文学。著書―『二〇―二一世紀　英連邦小説　英連邦諸国の今を読み解く』（光陽社出版、二〇一八年）、『D・H・ロレンスの作品と時代背景』（彩流社、二〇〇五年）、『「チャタレー夫人の恋人」裁判　日米英の比較』（彩流社、二〇〇七年）など。訳書　D・H・ロレンス『トマス・ハーディ研究・王冠』（南雲堂、一九八七年）、D・H・ロレンス『三色すみれ・いらくさ』（国文社、一九六九年。福田陸太郎と共訳、第七回日本翻訳文化賞受賞）など。

薄井　良治（うすい・よしはる）成蹊大学大学院文学研究科英米文学専攻博士後期課程修了、成蹊大学非常勤講師、東京海洋大学非常勤講師、城西大学非常勤講師、武蔵野大学非常勤講師、博士（文学）。イギ

リス現代小説、批評理論。著書・論文―『英文学と他者』（共著、金星堂、二〇一四年）、『二十一世紀の英語文学』（共著、金星堂、二〇一七年）、"Evelyn Waugh's Outfits." *Evelyn Waugh Newsletter and Studies* 39.3 (2009). 等。

結城　史郎（ゆうき・しろう）明治大学大学院文学研究科英文学博士後期課程退学。現在、富山大学人文学部英米言語文化講座准教授。アイルランド文学。論文―"Irish History as a Nightmare and Utopian Fantasies in *Ulysses*." *Eire* 36 (2017).「ラフカディオ・ハーンの再話と日本人の文化的記憶の変容――「和解」を中心に」『ヘルン研究』第3号（二〇一八年）等。

大熊　昭信（おおくま・あきのぶ）（一九四四〜）東京教育大学大学院修士課程修了、成蹊大学非常勤講師、博士（文学）。英語文学、批評理論、著書―『文学人類学への招待』（日本放送協会、一九九七）、『グローバル化の中のポストコロニアリズム』（共著、風間書房、二〇一三）、『存在感をめぐる冒険』（法政大学出版局、二〇一八）、「英文学の他者――英語文学の可能性をめぐって」二〇世紀英文学研究会編『英文学と他者』（金星堂、二〇一四）など。

奥山　礼子（おくやま・れいこ）日本女子大学大学院文学研究科英文学専攻博士課程後期満期退学、東洋英和女学院大学教授。二〇世紀イギリス小説。著訳書―『ヴァージニア・ウルフ再読――芸術・文化・社会からのアプローチ』（彩流社、二〇一一年）、『英文学と他者』（共著、金星堂、二〇一四年）、『エリザベス・ボウエンを読む』（共著、音羽書房鶴見書店、二〇一六年）、『二十一世紀の英語文学』（共著、金星堂、二〇一七年)、「『三ギニー』の「教育のある男性の娘」を解き明かす――兄と妹の物理的および心理的関係から」(東洋英和女学院大学『人文・社会学論集』第三五号、二〇一八年)、レイ・ストレイチー『イギリス女性運動史』(共訳、みすず書房、二〇〇八年)等。

外山　健二(とやま・けんじ)山口大学人文学部准教授(アメリカ文学・英語文学)。筑波大学大学院博士課程修了。博士(文学)。常磐大学准教授を経て現職。筑波大学地中海・北アフリカ研究センター客員共同研究員。主な著書に、『ポール・ボウルズ　越境する空の下で』(春風社、二〇二〇年)、『二十一世紀の英語文学』(共著、金星堂、二〇一七年)、『アメリカン・ロードの物語学』(共著、金星堂、二〇一六年)、『英文学と他者』(共著、金星堂、二〇一四年)ほか。

小林　英里(こばやし・えり)(一九七一年生まれ)新潟県出身。お茶の水女子大学大学院人間文化研究科比較文化学専攻修了。博士(人文科学)。現在、成蹊大学文学部英語英米文学科教授。著書に『Facets of English――英語英米文学研究の現在』(共著、風間書房、二〇一九年)、『国民国家と文学』(共著、作品社、二〇一九年)、『路と異界の英語圏文学』(共著、大阪教育図書、二〇一八年)、『二十一世紀の英語文学』(共著、金星堂、二〇一七年)、『英文学と他者』(共著、金星堂、二〇一四年)、『Women and Mimicry　ジーン・リース小説研究』(単著、ふくろう出版、二〇一一年)、『現代イギリス文学と場所の移動』(共著、金星堂、二〇一〇年)などがある。

二十世紀英文学研究 XII
現代イギリス文学と他国

二〇二〇年五月二十五日発行
定価 本体二八〇〇円
（税別）

編 者 二十世紀英文学研究会

発行者 二十世紀英文学研究会

発行所 ㈱ 金 星 堂

東京都千代田区神田神保町三―二一
TEL 〇三―三二六三―三八二八
FAX 〇三―三二六三―〇七一六
ISBN978-4-7647-1205-8
C3098

組版 ほんのしろ
印刷所 モリモト印刷／製本所 牧製本